U0088907

古典文學研究輯刊

十八編

曾永義 主編

第6冊

古典小說品論

張 健 著

國家圖書館出版品預行編目資料

古典小說品論／張健 著 — 初版 — 新北市：花木蘭文化事業有限公司，2018〔民107〕

目 2+162 面；19×26 公分

（古典文學研究輯刊 十八編；第6冊）

ISBN 978-986-485-507-0（精裝）

1. 古典小說 2. 文學評論

820.8　　107011620

ISBN-978-986-485-507-0

古典文學研究輯刊
十八編 第六冊　　ISBN：978-986-485-507-0

古典小說品論

作　者 張 健
主　編 曾永義
總編輯 杜潔祥
副總編輯 楊嘉樂
編　輯 許郁翎、王筑　美術編輯 陳逸婷
出　版 花木蘭文化事業有限公司
發行人 高小娟
聯絡地址 235 新北市中和區中安街七二號十三樓
電話：02-2923-1455／傳真：02-2923-1452
網　址 http://www.huamulan.tw 信箱 hml 810518@gmail.com
印　刷 普羅文化出版廣告事業
初　版 2018年9月
全書字數 86197字
定　價 十八編15冊（精裝）新台幣29,000元

古典小說品論

張健 著

作者簡介

張健，一九三九年生，浙江人，台灣師大國文系、台大中文研究所畢業，為著名詩人、散文家、評論家、小說家、國學學者，著有專書一百二十餘種，曾任教台大五十年、文化大學九年，現已退休。

提　　要

本書論述中國古典小說《世說新語》、《水滸傳》、《今古奇觀》、《水滸後傳》、《聊齋志異》、《兒女英雄傳》、《儒林外史》、《鏡花緣》、《老殘遊記》、《中國歷代極短篇一百則》、《連城訣》諸書之主題、涵義、人物、情節及版本等，條分縷析，屢見新義。文字則深入淺出，雅俗同賞。讀此一卷，可識半部中國古典小說史。

另外附錄部分，《戰國策》雖為史書，但內容實似短篇小說集；大陸名小說家余華之《活著》乃著名的現代小說。

〈中國的神〉雖為介紹數百位中國神明之專文，卻因為祂們時常出現於中國古典小說中，故亦附入本書。

本書之撰寫，前後約八年。

目次

道德情操與人生情趣——《世說新語》

一、緒論

《世說新語》，南朝宋臨川王劉義慶（西元四〇三——四四四年）所著，是一部著名的人物誌，可以把它當作歷史傳記看，也可以當作短篇小說和小小說的集子；作為小品文，也是優美的範本。

《世說新語》共有德行等三十六篇，原書分八卷，又可分為上、中、下三大卷，一千一百三十四則。其中包括六百個左右的人物，他們都是漢朝到劉宋時期的名人，前後大約兩百多年。

本書最有名的注本是梁朝劉孝標的詳盡註釋本，近人余嘉錫、趙岡、張舜徽、楊勇等，也都有注箋之作，對讀者很有幫助。

《世說新語》的特色有十：

（一）簡潔明暢。

（二）文字優美。

（三）注重情調。

（四）重視人物情操及個性。

（五）注意人文背景。

（六）富有幽默感。

（七）觀察力敏銳。

（八）語言鮮活，對白尤傳神。

（九）寫實而有啓發性。

（十）結構緊密而不局促。

它所記載、刻畫的人物，幾乎都是知識分子，偶有例外，亦是政壇要人。

《世說新語》原名《世說》，梁、陳時一度改叫《世說新書》，唐代以後才採用現在的書名。

《世說新語》的重要參考書有梁劉孝標的注本、今人余嘉錫的《世說新語箋疏》、楊勇的《世說新語校箋》、徐震堮的《世說新語校箋》、張萬起編《世說新語詞典》等。

二、道德情操

《世說新語》的第一篇就是〈德行篇〉，雖然是依據孔門四科排列，但依舊可以看出劉義慶重視人物道德情操的心意。

〈德行篇〉中的主要內容有：一、忠孝，二、敬賢，三、崇敬有德者，四、重視風評及名士提攜，五、記高士言行，六、人品比較，七、崇高友誼，八、義氣，九、治家之方，十、不隨意臧否人物，十一、好善樂施，十二、禮教，十三、同情，十四、感恩圖報，十五、廉潔，十六、言語有理致，十七、德行掩蓋口才，十八、慈愛。

〈德行篇〉的第一篇記東漢名士陳蕃的爲人及言行：

> 陳仲舉言爲士則，行爲世範，登車攬轡，有澄清天下之志。爲豫章太守，至，便問徐孺子所在，欲先看之。主簿白：「羣情欲府君先入廨。」陳曰：「武王式商容之閭，席不暇煗。吾之禮賢，有何不可！」〔註 1〕

此則記述陳蕃（字仲舉）的爲人，先以「言爲士則，行爲世範」作總述，然後以每天登車攬轡而心中湧起澄清（平治）天下的志向，描寫他的卓特的風采。接著又記敘他到豫章（今江西省南昌市）任官時不入公廨、先訪賢人的逸事，一位愛國愛民禮賢下士的大人物形象，已宛然在目。

第二條很簡要：

> 周子居常云：吾時月不見黃叔度，則鄙吝之心已復生矣！」〔註 2〕

在周乘（字子居）的心目中，黃憲（字叔度）是他人生的典範，時時以他的榜樣規範自己，熏沐自己，幾個月不見，便覺得自己不好的念頭又生起

〔註 1〕 見《世說新語校箋》（徐震堮著，文史哲出版社，一九八九年九月再版），頁一。

〔註 2〕 同上書，頁二。

了。這樣的人際關係，眞是令人嚮往不已。

不過〈德行篇〉裡也有一些過分的實例，如：

管寧、華歆共園中鋤菜，見地有片金，管揮鋤與瓦石不異，華捉而擲去之。又嘗同席讀書，有乘軒冕過門者，寧讀如故，歆廢書出看。寧割席分坐，曰：「子非吾友也！」〔註3〕

管寧對自己，自律甚嚴，對別人，也用同樣的標準要求他，做不到就絕交。這樣一來，眞的應了「水太清則無魚，人太清則無侶」那句老話了。其實園中拾金，宜乎設法物歸原主；貴人車駕過門，看一眼也不是不道德的行爲；何況華歆本是一位有品格、有智慧的士人，管寧如此對待他，不免犯了「過猶不及」之失。

另一則記述阮裕焚車的事：

阮光祿在剡，曾有好車，借者無不皆給。有人葬母，意欲借而不敢言，阮後聞之，歎曰：「吾有車，而使人不敢借，何以車爲？」遂焚之。〔註4〕

阮裕素有善名，人來借車，無不應允，然則有人不敢開口向他借車，罪不在裕，他並沒有自我懲罰的充分理由；何況有好車人人可來借，焚了車大家沒車可用！阮裕的此一行爲，未免近乎迂腐了。

三、言語機鋒

第二篇是〈言語篇〉，展示了後漢及六朝名士的言語機鋒、巧妙應對。它的主要內容有：一、雙關語，二、巧用典故，三、一語中的，四、巧喻，五、針鋒相對，六、以子之矛攻子之盾，七、有德之言，八、爲尊者辯，九、巧用古人詩句，十、指桑罵槐，十一、調侃語，十二、自嘲語，十三、用《易經》理說事情。

茲舉孔融父子的故事二則爲代表：

孔文舉年十歲，隨父到洛。時李元禮有盛名，爲司隸校尉，詣門者皆俊才清稱及中表親戚乃通。文舉至門，謂吏曰：『我是李府君親。』既通，前坐。元禮問曰：『君與僕有何親？』對曰：『昔先君仲尼與君先人伯陽，有師資之尊，是僕與君奕世爲通好也。』元禮及賓客

〔註 3〕 同上，頁七。
〔註 4〕 同上，頁三十一。

莫不奇之。太中大夫陳韙後至，人以其語語之。韙曰：『小時了了，大未必佳！』文舉曰：『想君小時，必當了了！』韙大踧踖。〔註 5〕

在這一則故事中，孔融這小名士先以孔子、老子的師生關係賺得李府的入場券，又以「針鋒相對」、「以牙還牙」的方式使陳韙尷尬不已，的確作了一場超級秀，但後半故事中說的八個字，不免有不敬長輩之失。

孔融被收，中外惶怖。時融兒大者九歲，小者八歲，二兒故琢釘戲，了無遽容。融謂使者曰：「冀罪止于身，二兒可得全不？」兒徐進曰：「大人豈見覆巢之下，復有完卵乎？」尋亦收至。〔註 6〕

孔融二子，得父遺傳及教誨，可謂「將門無虎子」，這一則故事雖然簡短，卻顯示了孔融兒子的三項特質：一、處變不驚，二、辨事明確，三、用喻切實。

四、方正典範

《世說新語》的第五篇是〈方正篇〉，描寫了古今許多方正人物的典型。它的主要內容有：一、孝父斥妄，二、不阿權貴，三、尊賢求情，四、一夫當關，執法不移，五、臨危不屈，六、不可亂禮，七、不改初衷，八、宿怨難解，九、不懼朝貴，十、不與小人同乘，十一、守禮自持，十二、理直氣壯，十三、不輕易受人聘用，十四、破除迷信，十五、守正抗詔，十六、女子閨範，十七、男子氣概，十八、不阿上旨，十九、針鋒相對，二十、良史忠臣，二十一、重任相勉，二十二、不受輕褻，二十三、不受小人惠，二十四、剛直無言，二十五、不受虛諛。

茲將首二則引述於此，並加析論：

陳太丘與友期行，期日中。過中不至，太丘舍去。去後乃至。元方時年十歲，門外戲。客問元方：「尊君在不？」答曰：「待君久不至，已去。」友人便怒曰：「非人哉！與人期行，相委而去。」元方曰：「君與家君期日中，日中不至，則是無信；對子罵父，則是無禮。」友人慚，下車引之，元方入門不顧。〔註 7〕

陳寔（曾任太丘令）是當時（東漢末）很有聲望的君子，元方名陳紀，

〔註 5〕同上，頁三十一。
〔註 6〕同上，頁三十二。
〔註 7〕同上，頁一五三。

是他的長子。陳寔的友人失信誤時，陳寔可能已和他人約好，不得不先行離去，友人遲到，不知自我反省，反責怪陳寔，陳紀激於義憤和孝心，以「無信」、「無禮」斥責之，令人驚喜——簡直不像一個七歲小孩的言行。但是友人已知慚愧，元方仍「入門不顧」，便有些過分了——他自己也不小心犯了「無禮」的過失了。

> 南陽宗世林，魏武同時，而甚薄其爲人，不與之交。及魏武作司空，總朝政，從容問宗曰：「可以交未？」答曰：「松柏之志猶存。」世林既以忤旨見疏，位不配德。文帝兄弟每造其門，皆獨拜床下，其見禮如此。〔註 8〕

宗承（字世林）是品格高尚、學問淵博的君子，曹操雖然有才有能有位，但德行不佳，故宗承屢次拒絕和他交往，不料曹操的兩個兒子（其實曹丕也是小人，只有曹植是君子）竟如此地禮敬宗先生。可見「德不孤，必有鄰。」是千古不變的至理。

五、人生情趣

《世說新語》的第六篇是〈雅量篇〉。雅是高雅、優雅的意思，量則是度量、器量。

雅量篇的主要內容有：一、遇喪豁情，二、臨死不懼，三、臨危不亂，四、理性判斷，五、不受人贈禮而謝之，六、遇辱不怒，七、對付尋釁者泰然得體，八、謙退，九、對自己的嗜好坦然怡然，十、行爲自然，十一、妙語解困，十二、不與人計較，十三、不動聲色。

這些篇章故事中，有一部分跟〈德行篇〉、〈方正篇〉所記載的頗爲近似，但也有一些是展示人生情趣的，如：

> 祖士少好財，阮遙集好屐，並恆自經營。同是一累而未判其得失。人有詣祖，見料視財物。客至，屏當未盡，餘兩小簏著背後，傾身障之，意未能平。或有詣阮，見自吹火蠟屐，因歎曰：『未知一生當著幾量屐？』神色閑暢。於是勝負始分。〔註 9〕

喜歡錢財和喜歡木屐，同樣是一種人生嗜好或人生情趣，本來沒有高下之分，但是祖約（字士少）在別人眼前，因爲自己好財而手足無措、慌慌張張，阮

〔註 8〕 同上，頁一五三。
〔註 9〕 同上，頁一九九～二〇〇。

孚（字遙集）在親自以蠟拭屐時，卻那麼悠然自得，旁若無人。他隨口說出的一句話，也是富有哲理意味的。所以我們可以由此斷言，阮孚是比祖約更懂得人生情趣的。

過江初，拜官，輿飾供饌。羊曼拜丹陽尹，客來蚤者，並得佳設。日晏漸罄，不復及精。隨客早晚，不問貴賤。羊固拜臨海，竟日皆美供。雖晚至，亦獲盛饌。時論以固之豐華，不如曼之眞率。〔註10〕

羊曼的作法，正暗合「早起的鳥兒有蟲吃」的西諺，同時「隨客早晚不問貴賤。」八字，更隱隱顯示他的平等精神，自然風格。「眞率」兩字，可爲羊曼定評。這個故事也顯示羊曼比羊固更懂得自然自得的人生情趣。

除此之外，第二十篇〈任誕篇〉中也有一些展示名士特殊情趣的篇章，如：

王子猷嘗暫寄人空宅住，便令種竹。或問：「暫住何煩爾？」王嘯詠良久，直指竹曰：「何可一日無此君！」〔註11〕

王徽之（字子猷）是王羲之的兒子，也是一位風流瀟灑的名士。由以上引述的這一則故事，我們可以察知一位名士是非常重視居住環境的，借人之宅以暫住，本不必費心設施增添，但徽之對竹（清高的象徵）情有獨鍾，所以隨口說出「何可一日無此君！」的千古名言來。他稱竹爲「此君」，儼然把竹子當作他的好友了。

王子猷居山陰，夜大雪，眠覺，開室命酌酒，四望皎然。因起彷徨，詠左思招隱詩。忽憶戴安道。時戴在剡，即便夜乘小舟就之。經宿方至，造門不前而返。人問其故，王曰：「吾本乘興而行，興盡而返，何必見戴？」〔註12〕

冬夜大雪，眠覺飲酒，已是一種高妙的生活情趣。忽思此情此景，只有老友戴逵（字安道，是一位詩人兼音樂家）可與共享，遂命舟往訪，一路上享受美好風光，因此到了戴逵家，忽覺自己已經盡興了，所以不必見戴之面，便掉舟回航了。其實，雖未見戴逵的面，卻已靈犀一點，通達戴逵之神了。懂得生活情趣的人，本不必拘泥世俗之形迹。

〔註10〕同上，頁二〇二～二〇三。
〔註11〕同上，頁四〇八。
〔註12〕同上，頁四〇八。

六、爲政準則

《世說新語》第三篇是〈政事篇〉，說爲政之道。它的主要內容有：一、爲政原則，二、處分輕重，三、政治風格，四、政界集團，五、舉用人才，六、特別赦宥，七、殺人（用刑）準則，八、領導作風，九、憒憒致用，十、寬大爲懷，十一、爲政與品德，十二、治事遲速。

茲將首二則引述於下，並加評論，由此可見：爲政與道德倫常是直接相關的：

> 陳仲弓爲太丘長，時吏有詐稱母病求假。事覺收之，令吏殺焉。主簿請求付獄，考衆姦。仲弓曰：「欺君不忠，病母不孝。不忠不孝，其罪莫大。考求衆姦，豈復過此！」〔註13〕

在我們現代人的觀點，爲了請假而說一個謊，似乎是小事（做老師的尤其常常遇到），但古人——尤其是重視高標準德行的古人——卻認爲茲事體大：一、地方長官代表國君，向他說謊就是欺君，二、母親無病而謊稱生病，等於詛咒母親，這就是大不孝。如此判決，不服也得服！

> 陳仲弓爲太丘長，有劫賊殺財主者，捕之。未至發所，道聞民有在草不起子者，回車往治之。主簿曰：「賊大，宜先按討。」仲弓曰：「盜殺財主，何如骨肉相殘？」〔註14〕

古人極重倫常，極重孝道及慈愛之道；大盜劫財殺人，固然是罪之大者，但棄嬰不顧以致死亡，是背反基本倫常之道的事，因此陳寔認爲後者更爲嚴重，必先予處置。

《世說新語》除上述外，還有文學、識鑒、賞譽、自新、仇隙等三十篇，內容豐富，讀者在此嘗鼎一臠，宜繼續閱讀全書，必定受益孔多。

〔註13〕同上，頁九十。
〔註14〕同上，頁九十。

《水滸傳》之作者、版本、主題及主要人物

一、作者

施耐庵本名耳，字子安，號耐庵，一二九六（元成宗元貞二年）——一三七〇年（明太祖洪武三年）在世，吳郡人，生於興化。元文宗至順元年（一三三〇年）進士，任官杭州，不久棄官而去，館於江陰，撰水滸傳。避兵亂返吳郡，張士誠慕名聘之，不肯出仕，遷居淮安，明洪武三年病亡，葬於興化。陳紀瀅有〈施耐庵〉一文是他的傳記（《中國文學史論集》第三輯，47 年 4 月出版）。

二、版本

1. 百回郭本（郭勳家傳本）。
2. 李卓吾批點百回本，描寫較細微。
3. 一百十五回本：文字鄙拙。另有一百十回本，略同此本。
4. 一百二十回本《忠義水滸全書》：有楊定見序。
5. 七十回本（加楔子）：腰斬一百二十回本，謂七十回以後爲羅貫中所續，並爲「惡札」。金人瑞 1.不認同招安；2 以爲後五十回欠精彩，故刪之。

三、主題

1. 因爲政治不清明，官逼民反。
2. 提倡忠義。十四回吳用：「惜客好義。」阮小五、阮小七：「這腔熱血

只要賣給識貨的」。

3. 塑造俠盜形象。

4. 爲貧苦百姓呼籲。

5. 中國古代政治人物：依序爲流氓（宋江）、貴族紳士（盧俊義）、讀書人（吳用）、僧道（公孫勝）。（據薩孟武《水滸傳與中國社會》所論，補一僧道）。

6. 四海之內皆兄弟（陳達、趙員外）。

7. 救人要救徹。

四、重要人物

1. 宋江：重義氣、細心、善結交朋友、深謀熟慮、有些陰險。
2. 晁蓋：堅毅、重義、無心機、有領導力。
3. 盧俊義：鄉紳代表、文武雙全、重義、個性較模糊。
4. 吳用：足智多謀、身段柔軟，是一流謀士。
5. 林沖：忠心、講義氣、性急能忍、愛妻、英勇。
6. 魯智深：粗豪、急躁、特重朋友義氣、有擔當。
7. 李逵：粗豪、嗜殺、衝動、孝順、直率。
8. 武松：粗中有細、穩健、智勇雙全、重情義。
9. 公孫勝：全眞道士，有勇略、會法術，有時是吳用的影子。

五、參考書舉要

1. 薩孟武：《水滸傳與中國社會》，台北：三民書局，1969。
2. 于學彬：《水滸傳講義》，台北：實學社，2003。
3. 鍾敬文等：《水滸傳的傳說》，台北：林鬱文化，1995。
4. 胡菊人：《紅樓、水滸與小說藝術》，台北：遠景出版社，1981。
5. 傅述先：〈談水滸傳的兩個和尚〉，收入《中國古典文學論叢（三）神話與小說》，台北：中外文學月刊社，1985。
6. 林桂如：《李卓吾金聖歎水滸人物評論之研究》，台北：台大中文所碩士論文，1999。
7. 施耐庵撰、金聖歎批、繆天華校注：《水滸傳》，台北：三民書局，2000。

《今古奇觀》的情節與主題

明末抱甕老人所編著的《今古奇觀》，乃三言二拍之精華。

一、三孝廉讓產立高名

會稽許武，早喪父母，扶養二弟晏、普成人，同耕同讀，遠近聞名。朝廷徵召，以孝廉名應召出仕，仕至御史大夫，想念二弟，辭官返鄉，與二弟分產，己得大半，二弟並無怨言，不久二弟揚名，朝廷又徵召之，官至九卿，並外派爲太守，二弟返鄉探親，許武召請各大老來家，說明上次分產之動機，如今二弟已成名，乃將二人該得的產業還給他們，眾人方知其苦心。

主題：1. 兄弟宜友愛。

2. 許武苦心孤詣，仁者之行也。

二、兩縣令競義婚孤女

南唐江州有縣令石璧，清廉明決，有一女月香甚爲聰穎，不料官舍失火，判賠一千五百兩，石璧兩袖清風，鬱鬱而終，女兒和養娘被官家發賣，商人賈昌因曾受石縣令之恩，以八十兩銀子買下二女，善養在家，無奈老婆不良，常乘賈昌外出虐待二女，最後竟賣給縣令鍾離義，義偶知月香身分，決心爲她擇嫁，與親家高大尹商量，把月香嫁給高的次子，一舉兩得。

主題：1. 將心比心，人間和諧。

2. 行仁義不擇時地。

三、滕大尹鬼斷家私

永樂年間，順天府香河縣令倪守謙，家累千金，肥田美宅。生一子曰善繼。夫人死後，又娶一十七歲少女，生一子善述。善繼心狠手辣，守謙深知之，臨死交代：大部分產業皆歸長子，只留一屋及良田五六十畝給梅氏和善述。另給梅氏一幅行樂圖，其中自有奧妙。守謙死，善繼搜查梅氏之室，不見餘財。母子不堪善繼欺侮，向縣令滕大尹求助，梅氏將行樂圖呈上，滕大尹悟出其中妙處，乃在屋中起出一千兩銀子，全歸善述母子。

主題：1. 知父莫若子。

2. 智巧可以助子孫。

3. 滕大尹妙解人意。

四、裴晉公義還原配

裴度義行改運，升遷至宰相。晉州唐璧，已聘黃小娥爲妻；晉州刺史奉承裴度，到處找尋歌姬以上獻，得小娥，囑萬全縣令求之，縣令以三十萬錢強取之，黃太學抗議不果，唐璧受了黃氏安撫，帶了三十萬錢到京報到，授湖州錄事參軍，途中爲盜所竊，跳水逃命，連蒞任文書也失卻了。幸遇一老者贈金，再到京師，投宿旅舍，遇一紫衫人，盡訴前情。不料此人正是裴度，安排唐、黃婚事，且贈千貫妝資，夫婦同赴湖州。

主題：1. 天下人有義有不義，不可一概而論。

2. 裴度不失爲大人大度。

3. 命運奇妙不可測。

五、杜十娘怒沉百寶箱

李甲與名妓杜十娘要好，公子金盡，杜姬仍愛之，老鴇震怒，索取三百兩身價，定時十日，公子到處求貸不得，十娘自籌銀兩，贖身，與李甲暫住友人柳遇春家，眾妓皆來送行，並有饋贈，雇船行至瓜州，打算渡江。他舟有一少年孫富，慣弄風月，一眼看中十娘，私下與李甲商量：以千金易美人。李甲允之，十娘嘲曰：「此人乃大英雄也！」十娘當眾揭開她的行李，內中珠寶無數，十娘抱寶匣向江中一跳。李甲悔愧不已，鬱成狂疾。柳遇春卻得十娘留下的小匣，珠寶無數。

主題：1. 薄情男子不得好報。

2. 自古多情空餘恨。

3. 十娘敢愛敢恨，恩怨分明。

六、李謫仙醉草嚇蠻書

李白才高八斗，爲賀知章所賞識，不料應試時爲楊國忠、高力士黜落，太白誓報此仇。蠻國番使齎國書到，朝中無人識番文，賀知章推薦太白，太白應召入殿，一口氣讀出，又奉旨寫回書，請求高力士脫靴，楊國忠磨墨，即席揮成書函。此後在朝中優游自在，吟清平調三章，又請求辭官雲遊，卒死于采石磯畔。

主題：1. 李白天人也，不可以凡人度之。

2. 玄宗能識人而不能久。

3. 詩人自有境界。

七、賣油郎獨占花魁

瑤琴本出名門，戰亂中失了親人，被賣到妓院，成爲西湖王九媽家名妓，身價既高，達官貴人趨之若鶩。賣油郎秦重辛苦營生，成爲朱十老養子，朱老甚爲信賴，不久來了邢權，勾上使女蘭花，進讒逐出秦重，重自己賣油維生。一日偶見王美娘（即瑤琴），一見鍾情，從此省吃儉用，只求一見佳人。好不容易得見美娘，卻是爛醉之身。他小心侍候，受了一身腥污，一直到天明，美娘感其誠意，又見他體貼溫柔，終於接受他，而且用自己的積蓄贖身，並許以終身。

主題：1. 這是一個男性「灰姑娘」的故事，也是最佳愛情小說。

2. 精誠所至，金石爲開。

3. 愛情不問貧富。

八、灌園叟晚逢仙女

平江府長樂村有一老者秋先，以灌園蒔花爲生，生死以之。其園中奇花異卉，不啻千百。一日宦家子弟張委，率眾闖入園，酒食徵逐，恣意折攀，秋先無法阻止，秋先向前揪打，反而得罪了張委，全園皆被作踐。正在慟哭之際，遇一二八少女，十分關懷，頃刻把花卉恢復原狀。張委不爽，教張霸到衙門告狀，說有妖人助秋先，帶緝捕來鎖園門，關了秋先。仙女再度顯靈，弄死了張委、張霸。縣令釋放秋先。後秋先日餌百花，轉如童子顏色，最後隨眾仙羽化入雲。

主題：1. 園丁是藝術家，上通神靈。

2. 惜物愛樹是正道。

3. 善有善報，惡有惡報。

九、轉運漢巧遇洞庭紅

蘇州文實，字若虛，天生聰明，多才多藝，但不事生產，坐吃山空，後學人經商，運否屢虧。一日隨友人張大等乘船出賈，買了百斤太湖橘洞庭紅，在吉零國大發利市，賺了一筆，又在一個荒島上見到一個大龜殼，拖上船來，被人恥笑，不料到了福建，波斯賈胡大上船見龜殼，問他賣不賣，他說可。乃以五萬兩成交，後來才知此物是奇寶，中藏大珍珠無數。文實乃在當地成家立業，永享富貴。

主題：1. 命運不可測，貧富乃天定。

2. 貧不必悲，或有後福。

3. 隨機應變，隨遇而安。

十、看財奴刁買冤家主

周秀才家有多財，為求功名，把銀子埋在牆腳下，全家三人赴京，後功名不就，歸鄉，不料銀子已被賈仁挖走（夢中有神許他富庶二十年），他因無子，求收螟蛉子，有人介紹窮人周秀才，乃以四貫收養了周長壽。二十年後賈死，長壽成為小員外，又認回父母，認出那些銀子原是周家之物，一家團圓，重整家業。

主題：1. 命運不可測。

2. 富貴不可憑。

3. 財物多寡乃天命所定。

十一、吳保安棄家贖友

郭仲翔乃宰相之姪，隨李蒙出征南蠻，同鄉吳保安來函求助，郭乃薦吳於李蒙，李納之。此時蠻軍入侵，李蒙中計自刎，郭亦被俘，索絹一千匹贖身。乃致書姚州吳保安，請他相助，請叔相救。保安到京，郭相已逝，保安大哭，決心救郭。於是出外為商，朝夕贏利，積以為眾。棄妻子於不顧，幸得姚州都督楊安居助，妻子始有生路，且助保安，湊成一千一百匹絹。乃得贖回受盡折磨的仲翔。保安死，仲翔助其子天佑，教他讀書，伺其成長，並千里收葬。此後上疏保奏，朝廷獎掖二家。

主題：1. 友誼最可貴。

2. 仁義之人，天下咸敬。

十二、羊角哀捨命全交

楚元王招賢納士，左伯桃與羊角哀分途奔赴，途中相遇，結爲友伴，二人在風雪中不得並存，伯桃先死，以衣物貽角哀，角哀哭罷，到楚，得元王重用，乃返回覓伯桃屍厚葬。是日夢見伯桃，哭訴墓被荊軻欺侮，要他遷葬，角哀祭告荊墓無效，乃自刎，令葬于伯桃墓側，是夜雷電交加，荊墓震裂，白骨四散，廟中起火，燒成白地。元王感其義，差官往墓前建廟，加封上大夫，敕賜廟額曰「忠義之祠」。

主題：1. 友誼超越生死。

2. 陰陽可交會。

十三、沈小霞相會出師表

沈鍊因上書奏嚴蕃父子十大罪，被充軍，一家離散，結識賈石，結爲兄弟，後沈鍊死於獄中，賈石助沈妻及二子逃亡。其長子沈小霞，亦被奸黨追緝，幸其故人馮主事以密室收容他，逃過一劫。嚴蕃父子敗亡，沈鍊沈冤大白，小霞亦得恩赦，且得官職，與母弟相會，巡撫爲鍊建祠堂，中供他手書「出師表」一幅。

主題：1. 忠義之士終得表彰。

2. 孝子爲父申張。

3. 友誼可貴。

4. 奸人必敗。

十四、宋金郎團圓破氈笠

宋、劉二家交好，一子一女，有婚姻之約，後宋金因家道中衰，父母雙亡，淪爲縣令書記，又被眾人欺負，把他丟棄於岸上，他寄居廟中，忍飢挨凍，幸逢劉有才叔叔，收容了他，見他爲人方正，把女兒寅春嫁給他。生一女，因病早夭，他傷心過度，竟成痼疾，眼看不治，劉翁把他丟在沙岸上，巧逢老僧，加以收容，以金剛經示之，勸他唸經養生，果然身體復康，萬慮盡消。一日在前山破廟中見到八隻大箱，內藏金玉珠寶無數，遇一大船，自稱遭劫，引水手取八箱，乘船到南京，從此成富戶。妻子守貞不嫁。他訪得實情，設法與岳父母見面，團圓終局。

主題：1. 男女貞堅，終得幸福。

2. 命運弄人。

十五、盧太學詩酒傲公侯

盧柟學博品優，擁園自適，不理會官府，汪知縣屢次下顧，或因傲慢，或因機緣不巧，不得一會，汪大恚，乃設計陷害他。好不容易找到他家人盧才打死鈕成一事，抓他下獄，一再拷問，鍛成冤獄，盧柟亦有不少友人，助他開脫，均未成功，汪無毒不丈夫，派人扼殺之，卒獲救，後來汪外調，新知縣陸高祖乃一雅人，捉獲盧才，澄清冤獄，釋放盧柟，二人且成知交。柟從此閒散度日，一日隨一赤足道人仙去。

主題：1. 命運弄人，巧合連連。

2. 傲者受難。

3. 惡人不逞。

十六、李汧公窮途遇俠客

房德偶然爲盜，李勉見他一表人才，縱放了他，自己卻丟了官，後房德追隨安祿山做了縣令，又遇李勉，反過來要救李勉，卻聽了夫人貝氏的讒言，轉欲焚屋殺人，家人路信聞之，放了李勉，勉奔走於旅途，房德又求一劍俠殺他，（編了一堆謊言），幸俠客聞勉對旅舍主人說因果，反過來殺了房家夫婦，反與李勉結交。

主題：1. 忠奸不易分明。

2. 善有善報，惡有惡報。

3. 命運捉弄人。

十七、蘇小妹三難新郎

蘇洵有女名小妹，才學不遜二兄，王安石以子王雱文求教，小妹批曰，文詩固好，只怕不長壽。果然王雱中狀元後早夭。蘇洵面對安石求婚，對以小妹貌醜，乃罷。小妹文名卻因而顯揚。求婚者眾，皆以詩文求教。蘇洵令她自擇，她看中了秦觀。觀聞妹醜，在廟中看小妹，方知乃清雅之女，乃求婚。洞房花燭之夜，小妹以三題試郎，秦觀都過了關，從此夫婦和鳴。

主題：1. 男之才學，女亦可有之。

2. 男婚女嫁，女子亦可有主動及選擇權。

十八、劉元普雙生貴子

劉元普爲縣令，七十無子，相者謂他不但無子，壽亦不長。恰好李克讓死，以孤兒寡婦相託，元普仗義收容，李子春郎亦由他扶養教授，後中狀元，升禮部尚書。裴安卿是清官，生女蘭孫，死後棺槨無著，乃賣身葬父，媒婆見之，引薦於劉，欲爲妾侍，劉知她爲縣令之女，不肯收爲側室，反認爲義女，且安排嫁給春郎。也許因爲行善多端，夫人四十懷孕生子。妾侍朝雲亦誕一子。

主題：1. 善有善報。

2. 生子育嗣，冥冥中或有定數。

十九、兪伯牙摔琴謝知音

伯牙奉晉主命出使楚國，飽覽江山之勝，在江中彈琴，忽然斷絃，疑有偷聽者。覓之，果見崖上一人，此人爲鍾子期，乃一樵夫，二人暢談樂理，伯牙許爲知音，乃爲他彈琴，意在高山，意在流水，子期一一會心。二人相約，明年再來探鍾。次年復來，只見到子期之老父，乃知子期已死，他哭拜之後，摔琴不彈矣。

主題：1. 知音難遇。

2. 信義爲人立身之本。

二十、莊子休鼓盆成大道

莊子途逢寡婦搧墳，歎人心易變，愛情不長久，莊子代搧，水氣皆盡，婦人謝之，贈以紈扇。其妻田氏聞之，怒責孀婦，信誓旦旦，自己必不如此。不久莊子病了，數日即死，田氏悲啼。第七日，一少年秀士來，以莊子弟子自稱，拜墳，田氏憐愛之，且自媒欲嫁之，秀士說三難，田氏一一駁之。入了洞房，忽然新郎心疼倒地，老蒼頭說必得生人腦髓，熱酒吞之，其痛立止，田氏乃以斧劈莊生棺，劈開了，莊生推蓋坐起，頃刻間秀士、蒼頭皆消逝無蹤，田氏懸梁自盡，莊生把瓦盆爲樂器，鼓之成韻，終生不再娶。

主題：1. 生死不可憑。

2. 人生情感易變。

3. 夫妻關係往往經不起考驗。

4. 情慾之力勝過道義。

二十一、老門生三世報恩

鮮于同才學過人，志氣不凡，科場不遇，屢試屢墨，巧逢恩師蒯遇時，屢有巧合，中了進士，時已六十一歲。他任官台州知府，恰好蒯子淪入殺人官司。鮮于同爲他澄清，了了官司，後來又把孫子蒯悟託付，蒯悟亦順利中舉，可謂一恩二報。

主題：1. 考試有命運主宰，不能強求。

2. 知恩必報。

二十二、鈍秀才一朝交泰

馬德稱本爲世家子弟，才學俱優，因父親得罪王振，身死抄家，德稱只好在墳屋中守孝，十分狼狽。到杭州投奔親戚，又兩不相遇。到黃河口又遇大水，逢一老者相助，再訪二戚，二人皆避之，幸爲劉千戶課子，束修二十兩，但學生出痘又死。流落京師，人稱鈍秀才，人人避之唯恐不及。其妻由家鄉來覓夫，德稱謂來人：必先中舉，才願見面。果然一路順風，三十二歲上考中二甲進士，聖旨爲其父平復，抄沒田宅，俱用官價贖回，夫妻團圓。

主題：1. 人的命運如潮汐起伏。

2. 有志者事竟成。

二十三、蔣興哥重會珍珠衫

蔣興哥娶王女，一對玉人，十分幸福。二年後到廣東去料理父親生意，在旅館病倒。三巧兒在家苦守，卻遇一俊男陳商，對她一見鍾情，買囑賣珠子的薛婆設計，勾搭三巧兒上手。陳商在旅途遇興哥，出示珍珠衫，乃三巧兒所贈；興哥回家，休了三巧兒，三巧兒又改嫁縣令吳傑。後陳商病死，妻子平氏改嫁興哥。一人二妻，妻反爲妾。

主題：1. 夫妻關係，千頭萬緒。

2. 姻緣奇巧，天或爲之。

3. 三巧兒得報應。

二十四、陳御史巧勘金釵鈿

魯學曾與顧阿秀本為通家之好，指定為婚姻，不料魯家窮困，顧僉事有意悔婚，夫人助女兒，夜會魯公子，公子之表兄梁尚賓假扮他赴約，得了甜頭，後公子赴約，戳破眞相，阿秀上吊，僉事告官，反坐實了公子姦情，下獄。陳御史巡按江西，親自下鄉查案，弄清眞相，處決尚賓。阿秀附身尚賓之妻田氏，顧家收為義女，並許嫁魯公子。

主題：1. 姻緣前定。

2. 惡有惡報。

3. 田氏為夫償情債。

4. 清官可敬佩。

二十五、徐老僕義憤成家

徐言、徐召、徐哲三兄弟，父母死後，哲亦死，二哥主張分家，不顧反對，哲妻顏氏無奈，只得接受，而且分得最少，分門立戶。家人徐寄以十二兩銀子出門做生意，由販漆、販米始，得五六倍利，繼續運作，得銀數千，買地一千畝，從此益發發達。最後把財產平分給哲之二子，言、召挑撥徐寬兄弟，在徐寄死後查徐寄房間，只見僅有一些瑣物，十分感動，乃分一份家產給寄子，以奉養其母。並請朝廷旌表徐寄。

主題：1. 義僕如俠，難能可貴。

2. 兄弟自私，不如僕人。

3. 顏氏亦賢慧可敬。

二十六、蔡小姐忍辱報仇

蔡武好酒，不聽女兒瑞虹之勸，任官途中，遇舟上匪類陳小四，殺了全家，只留瑞虹，後又以繩索縊之，未死，流落各處，最後遇正人朱源，嫁他，允代復仇。生子，朱源考中進士，授武昌縣令，正好緝兇。此時小四姦殺吳金，被瑞虹認出，當庭勘明，正法。朱源治武昌有政績，升任御史，了結全案。瑞虹父妾碧蓮生得一男，朱源訪之，認祖歸宗，以續蔡門宗祀。

主題：1. 孝女可敬可愛。

2. 惡有惡報。

3. 朱源言行可師。

二十七、錢秀才錯占鳳凰儔

殷商高贊有女秋芳，秀外慧中，贊決心嫁女於書香雅士，不拘貧富，聞者絡繹求婚，未得佳壻。吳江秀士錢青，飽讀詩書，父母早逝，無力娶妻。表兄顏俊，甚醜，家富，延他在家讀書。一日顏俊之友尤辰勸顏娶妻，顏因聞秋芳之名，求他做媒，尤辰最初推諉，後迫於情勢，允之，但恐顏俊貌寢，不中高贊意，乃商請錢青代行。青勉允之。高贊見之悅納，允婚。不久要求新郎來家親迎，顏俊推諉不成，仍請錢青代行，不料返途大風，滯留岳家三日夜，青以柳下惠之姿秋毫未犯。及迎新娘回來，顏俊怒毆錢青，縣主恰過，審之，平反全局，指定錢青娶秋芳。

主題：1. 婚姻乃緣分，不可強求。

2. 欺騙者不易得手。

3. 才子配佳人，似爲千古不易之理。

二十八、喬太守亂點鴛鴦譜

劉秉義子劉璞，女慧娘，各已訂婚，劉璞病，劉夫人催孫家女珠姨下嫁，孫寡婦猶豫不決，因媒人催得急，乃以玉郎男扮女裝，「下嫁」劉璞。到了劉家，暫由慧娘接待，二人同床，做出苟且之事，且海誓山盟，劉家夫婦揭穿，大怒，玉郎及時溜走。珠姨已許配裴家，裴公上告喬太守，喬太守召二男二女，才知是兩對玉人，乃點定慧娘嫁玉郎，裴家另娶。

主題：1. 婚姻乃天定，非人力所能勉強。

2. 從權之事往往有意外。

3. 喬太守英明果決，可敬。

二十九、懷私怨狠僕告主

王生是書生，脾氣不好，一日因勸架推倒一位呂客人，死而復甦，他還送客人一匹絹，不久舟子周四來家，說呂客人已死，要他去湖州告知他家人來申寃，乘機勒索，王生大爲踧踖，乃重賄之，又請家人胡阿虎埋屍，不久阿虎因酒醉誤事，請醫不及，使小公子病死，被王生責打，懷恨在心，向衙門首告王生殺人，並掘出呂客人屍體，王生下獄。幸而呂客人重來溫州，原來他並未死亡，是周四造假，以無名浮屍詐騙王生。全案重審，呂客人找了多人作證，終于平反，釋放王生，杖死周四、阿虎。王生改變脾性，中了進士。

主題：1. 害人者必有報應。
2. 無端發怒，常會肇禍。
3. 前事不忘，後事之師。

三十、念親恩孝女藏兒

劉員外有女招姐，嫁與張郎，張郎入贅，志在家財。但劉有一姪引孫，妾小梅，已懷孕，皆可能分產。張郎心懷歹意，欲害二人，劉員外故意遣走引孫，招姐則把小梅寄到東莊姑媽處，以圖保全。不久引孫又來求助，劉翁趕走他，卻暗中濟助。清明節張郎先祭掃張家祖墳，次及劉家祖墳，引孫則早來掃墓。劉嫗突悟女婿之不足恃，乃奪走女兒手中的家鑰。後來劉翁要把財產交給引孫，招姐乃把小梅及三歲弟弟招回，劉翁始悟，乃決定分財產為三份：子、女、姪各一，全家盡歡而散。

主題：1. 財產問題是大家庭之大課題。
2. 劉翁無私心，公平分產，乃有福報。
3. 張郎多心，但得賢妻防範，未鑄大錯，故仍能得產。

三十一、呂大郎還金完骨肉

兄弟三人，呂玉、呂寶、呂珍，唯呂寶飲酒賭博，不務正業，呂玉子喜兒六歲走失，呂玉出外經商，一度染重疾，後痊癒，途拾二百兩銀子，又巧逢失主，二人結為姻親，且找回喜兒，又以三十兩銀救了落水的小弟。返家時，呂寶因欠債賣嫂，卻誤被搶走乃妻，見兄弟還，一溜了之，全家團圓。

主題：1. 善有善報，惡有惡報。
2. 兄弟良莠不齊，無可奈何。
3. 人生多巧合。

三十二、金玉奴棒打薄情郎

金老大為乞丐首領，俗稱「團頭」，太太早死，生一女曰玉奴，花容月貌，且知書達禮，老大決嫁與士人，恰有貧士莫稽自願入贅，一拍即合。莫稽婚後，夫婦和美，用功讀書，考中進士，上船赴任，不料心中不滿妻子家世，忽生歹心，推之入水。玉奴命大，為許轉運使救起，收為義女，許為莫稽上司，知道上情，故意介聘莫郎，玉奴不允改嫁，許方說明眞相，二人再度婚配，莫大駭，被七八個女僕痛打了一頓，被玉奴痛罵一場，最後岳父原諒他，重歸於好。但五十便死。

主題：1. 乞丐亦人，丐女亦可能是佳女。

2. 文士勢利，宜受教訓。

3. 減壽示鬼神之懲。

三十三、唐解元玩世出奇

蘇州唐寅有奇才，考中解元後，因涉及考弊案，朝廷不許他參試，遂詩酒流連，放浪形骸，一日偶見鄰船一青衣美女，心旌蕩搖，跟蹤其舟到無錫，乃知伊是華太師府丫鬟，乃易服求為華府書僮，改名華安，因而得以接觸秋香。華安漸露才學，華太師亦知之，府中主管因病故缺職，華安代理，甚為稱職，太師欲用為主管，先為擇配，華安求在丫鬟中擇妻，乃得秋香。二人重敘前情，華安告以眞實身分，一夜二人乘舟回蘇州，華家遍尋不得。一日太師到蘇州，偶見伯虎，始知為江南才子，兩家遂結為世交。

主題：1. 文人風流，無所不至。

2. 精誠所至，金石為開。

3. 婚姻乃因緣。

三十四、女秀才移花接木

聞參將之女聞蜚蛾，才學兼勝，扮男裝讀書，因考中秀才，二位同學杜子中、魏撰之，情誼甚篤，她暗射一箭於園中，看二人誰先取得，便嫁給誰。子中先得。後父受枉入獄，蜚蛾（俊卿）赴京奔走，在旅舍遇一佳人景小姐，對她情有獨鍾，且向她求婚，她虛與委蛇，後二友助父脫罪，她對二友表明眞身分，自嫁子中，介紹景女嫁撰之，四人圓滿。

主題：1. 婚姻是緣分。

2. 男女之事，分分合合。

3. 有情人終成眷屬。

4. 女子未必不如男子。

三十五、王嬌鸞百年恨

王家有女曰嬌鸞，一日因羅帕遺地，被少年周廷章（本姓吳）拾得，二人以詩文相通，漸生情愫，又得曹姨相助，竟頻頻相好，後廷章回吳江，二人思念不已，猶有書翰來往。不料廷章負心，另娶魏女，嬌鸞寫絕命詩三十二首，自吊而亡。鸞生前將詩及婚書封於一筒，派人直送吳江縣令。察院樊公察知其事，親自審理，收押廷章，面斥其非，竹板亂打，血肉四迸，魏女後來改嫁。

主題：1. 男女恩情，不可思議。
　　　2. 惡有惡報。
　　　3. 女人為弱者？

三十六、十三郎五歲朝天

北宋王韶，為神宗朝宰相，有子五歲，叫南陔，聰明過人，元宵節家人王吉攜之出遊，半途被歹人劫去。他在歹人背上，不慌不忙，及見一轎近身，大喊「有賊！救人！」歹人忙把他撩下溜走了。轎中乃官中近侍，接他入宮，次早奏報皇上，他仍不慌不忙見駕，告知他已在賊的衣領上縫線一道，藏針在衣內，以為暗號。南陔又見皇后，亦甚喜之。開封府差人循跡追蹤，李靈抓了一群賊子，找出衣領有線之人，大尹錄了供詞，疊成文卷。並因此破了一樁舊案。次日護送南陔歸第。

主題：1. 小孩敏慧勝過成人。
　　　2. 賊人作惡必有報應。

三十七、崔俊臣巧會芙蓉屏

崔俊臣補溫州永嘉縣尉，攜妻上任，途中為船家顧阿秀所劫，投崔於河中，又強逼其妻王氏為兒媳，王氏虛與委蛇，乘賊人醉後逃走，入一尼姑庵出家，二施主出示一幅芙蓉畫，乃是其夫之手筆，原來二人即顧賊。郭慶春購之，送高御史。恰好崔未死，亦來售四畫，恰與芙蓉畫相似，高御史循蹤撮合這對夫妻，並捉了顧阿秀兄弟正法。

主題：1. 夫妻緣分，不可改也。
　　　2. 惡有惡報。
　　　3. 高御史明慧，可為官員典範。

三十八：趙縣君喬送黃柑子

吳宣教途見佳人，心中熱愛，二人眉來眼去，以送珠寶為名，二人漸漸入港，但每每欲迎還休。弄得吳心難熬，終於有一夜許他入寢室，正要得手，卻傳報夫君來了，他急切之下，躲在床下，卻被洗腳水沾污，因而敗露，那男人大怒，宣教求饒，卒以二千緡脫身。次日問及老相好丁惜惜，方知是仙人跳。宣教遂得纏綿之疾，鬱鬱而終。

主題：1. 好色必得惡報。

2. 戒人謹言慎行。

三十九、誇妙術丹客提金

潘監生是富翁，雅好丹術，一日遇丹客，慣施縮銀之法，先將銀子用藥鍊過，專取其精，每兩縮成一分，和鉛汞在火中燒，鉛汞化爲青氣去了，遺下糟粕，見了銀精，盡化爲銀。其實只是銀子的原分量。二人相談甚歡，乃闢室，下二千兩銀；忽然家中來報老太太故世，丹客急著返鄉，留下美艷妾隨爐，七七四十九天可以成功，潘大喜，誘女成姦，不料丹客忽返，怒斥丹事已敗，原來是二人爲此苟且之事，以致敗事，拿鞭便打妾。潘求饒，以三百金贖罪，丹客揚長而去。後在船中見一妓，乃前客之妾也，自述身分，伊乃河南妓家，設局成騙，乃送銀告別。

主題：1. 詐術可畏。

2. 好色害己。

四十、逞錢多白丁橫帶

郭七郎多金，託人買官，冒名郭翰，得橫州刺史職位，帶了母親家人去上任，不料途中遇見大風浪，船沉物失，連上任告身都丟了，零陵州牧雖予濟助，畢竟未及上任，母親又驚惶殞亡，丁了憂，更無法就任，漂泊旅途，無以爲生，有人建議他上船做舵工，他只好屈就，以此終身。

主題：1. 貧富有命。

2. 多金而驕，不走正途，終無好報。

3. 人情冷暖，世態炎涼。

全書四十篇故事雖各異，多含以下三個主題：

1. 命運變化莫測。
2. 婚姻早有定數。
3. 善有善報，惡有惡報。

《水滸後傳》的情節、人物及主題

《水滸傳》爲中國有數的長篇小說之一，其家喻戶曉的程度，不下於三國、紅樓。但紅樓夢的續作，多是狗尾；水滸的諸種續作中，卻有一匹上駟逸出，這便是明末陳忱的《水滸後傳》。

陳忱爲明萬曆至清康熙年間人，藉湖州烏程（今浙江湖州），字遐心，一字敬夫，自號雁宕山樵，又號古宋遺民。他在明亡之後，與顧炎武等結聚「驚隱詩社」，「以抒寫其舊國舊君之感」。他曾有詠明末諸王的九歌之作，名句如「點蒼山前蠻煙愁，玉蕊吹墜西風秋！」（永曆）令人臨風生慨。但他最舉足輕重的著作則是一部肇承水滸、揚勵民族精神的「後傳」！

後傳計四十四回，末回中諸好漢做了暹羅國的君臣，慶賞之際，點了一齣「定海記」，原來是演虬髯客的故事，逐段看去，諸人頓覺儼如自己的遭際。作者由此交代了自己的創作源泉之一——〈虬髯客傳〉，不過誠如那位水裡出身的暹羅國王李俊說的：「這卻比我們直捷許多，不像我們費了許多周頣。」本傳的豐富性和變化多端，也不難由此知悉。

除了《水滸》和〈虬髯客傳〉，《三國演義》的筆法也時見於書中。作者處理歷史題材的駕輕就熟、老到簡練，實在可說不讓羅貫中專美於前。而文字的鍛練，亦是其他章回小說（除《紅樓夢》外）難以比擬的，甚至《儒林外史》在某些方面也不如陳忱筆下的多姿多彩。比起水滸來，它猶保持後者的一份粗氣，而一般小說卻雅馴得多。初讀數回固然覺得遜於水滸前若干回的氣派和「別趣」——一種活潑的野趣，但讀到中篇以後，益覺作者的才具幾乎全不受施耐庵格局的限囿；在諸般事態、人物間縱歛自如，搖曳生姿，且能在動變中乍出靜境，在大場面後又逸現細膩之筆，眞可說是第一流的文字。有人譽陳忱為中國十大小說家之一，初不敢輕信，讀畢《水滸後傳》，乃欣然同意。

另一特點是本書承接水滸人物，殊少加添，而在原有人物特色及個性的底子上，再加添一番光影，使他們一個個更見生動活躍。其中李俊被「提昇」為後傳中的首領人物，一則固然與他的出身水鄉，利於海上發展有關（阮氏兄弟等亦同一出身，但歉於目不識丁），一則恐亦由李靖的聯想作用推出吧。為了折服人心（讀者），故以宋江託夢為其護符。但全書最生色的一員則是燕青，這位在前傳中三十六天罡星中敬陪末座的人物，在此充分發揮了他的智勇和幽默感，成為前傳中武松、魯智深、李逵的接棒者（以其風頭之健而言），且成為後來《七俠五義》中智化、蔣平一類人物的範本。中國文學傳統中，最欠缺幽默風趣一格，〈滑稽列傳〉之後，可謂鮮有傳人。在此之前的《西遊記》，總算開肇了一些新風氣，陳忱比吳承恩晚生約百年，倒正不失為吳氏的一位繼踵者呢。

由於本書情節是繼續《征四寇》（水滸續傳之一，另一重要續傳為《蕩寇志》，但主題在征剿，此書與後傳則由招撫而立功，由重上山寨而再度勤王。）的，故宋江、盧俊義、吳用等人已經作古，碩果僅存的公孫勝，則在後半決定性的征戰中又使了一次法術，故高居第二位，但終以修道而退隱，柴進則因祖宗關係（如前傳中盧俊義因身份關係）居第三位。燕青居然昇至第四，似取代吳用地位，而其建功亦多。其餘人物，凡出現者皆不忘他們的特色，使有略作施展的機會，甚至難以大開殺戒的顧大嫂，末了也成為物色諸新貴夫人的媒婆型人物。其他梁山外的腳色，也網開一面地予以大量包容，由欒廷玉的入夥到曾世雄的授首，連鄆哥也化身為老成人，王婆則去其淫毒而賦予詼諧：「王乾娘，那百足蟲要搶妳做押寨夫人！」「我才七十三歲，要嫁老公，還要後生些……」是乃不變中的巧變。

不止是人，更有景物跟往事，他們總忘不了梁山的舊日光景，以及以後受撫出征居官退隱的點點滴滴，連兩匹寶馬都漏不了，苦心使牠們「歸槽」。這方面是掇拾不盡的。僅舉二十八回中一段以見一斑：

> 三個走到水亭上，推窗一看，只見煙波萬頃，山光滴翠。徐晟（徐寧之子）道：「這好像蓼兒洼，我們幼時頑耍過的。」……「我記得山前有條大路，騎了馬去，好不爽快，誰耐煩坐在船裡！」……呼延鈺（呼延灼之子）道：「兄弟，你還記得那年夏天，叫小嘍囉撐一

隻小船，同花叔叔的兒子去採荷花，你翻下水裡去麼？」徐晟道：「我那時吃了幾口水，又是幾年了。」

新的一代猶如此憶舊，「老一輩」的梁山人不用說了。而諸如上面的這段文章，怕也不是水滸作者所擅長的；且不說曹雪芹，這至少是可比劉鶚手筆的！

但陳忱的高明處不止在這些經營安插中。他所賦予本書的主題便是超邁了水滸的。水滸的主旨不外由官逼民反發掘出社會及政治的腐敗與黑暗，由忠義之風表現了作者的反抗精神及受壓抑的正義之呼聲。陳忱是一個有心的思想者，除了這兩端以外，他更因自己身遭亡國之痛而遐思在海外別闢新天地（「強如在中國東奔西走，受盡腌臢的氣。」），一則又因親見明末頹風而覺得中原澄清之不易，故欲另造一新生的社會，作爲心靈上烏託邦式的寄寓，並爲民族精神、人間正義作鼓吹。試看他寫北宋末的君臣關係及宋金交涉，便可悟出他的一腔積憤了，又寫宋金交鋒，何嘗不是清兵入關後明兵土崩瓦解之創痛的反映？最後李俊的勤王，安知不是他猶寄望於鄭成功乃至顧炎武一流遺臣的中興機運？我們又怎麼忍心把這部後傳（原名《混江龍開國傳》，後改今名）視作施氏水滸的附庸？至少，它在中國數量貧乏的長篇小說之林中，已算是一棵根深葉茂的大樹！

它比水滸更多蘊含了若干高一境的人生觀。水滸的人生觀不過是殺人須殺死、救人要救徹。陳忱的頭腦便沒有那麼簡單——因此連帶他筆下的人物也都「不簡單」起來了，只阮小七還略有魯智深、李逵的遺風，但除卷首幾回外，幾無露相的機會。陳忱的人生觀可說是孔子式的——「可以仕則仕，可以隱則隱，可以進則進，可以退則退。」他借梁山新秀呼延鈺之口說：「我們如今且隨大隊暫且安身，遇著機會，幹些功業。若時不可爲，也就罷了，那裡去插標賣首！」幾乎比孔子的待價而沽還不熱中。浪子出身的頂尖人物燕青賦詩明志，則云：「知己君臣難拂袖，且酣煙月五湖中。」若不是爲了知己之情，他是不會甘心走上仕途的。羨慕飀隱湖上的范蠡原也是中國文學上的一項傳統，但陳忱的時代背景更有助於它的萌發。甚至李俊也說：「俟過幾時，要同公孫先生學道，就眾弟兄中推出一位可壓人望的，繼主國政便了。」聽他口氣，倒也不是想做今世堯舜的虛榮心使然，理由只在當初出海意不在此，如今乃是不得已爲之！他們原來赴水上打天下，只是想爲天下遭家國之痛的不平之士舒一口悶氣罷了。當然，「致君堯舜上，竊比禹與稷。」的壯志也隱約可見，但官宦的歸宿並不是這夥吃大塊肉、喝大杯酒的人物的指望。這種人，竟可說對等於儒林中的群賢，紅樓上的眾姝，他們賦有一股陽剛的逸氣，原是世間功名收束不住的。但末兩回又難以免俗，一一封賞，並成大團圓局面，似乎成了作者違心的敗筆。本來，中國傳統作家多半是懸盪於儒與道、仕與隱之間的，陳忱亦難以全然超越而已。

另一段借神醫安道全之口說出的，也眞是一個大家的心聲：「你看那輪紅日，東升西沒，萬古奔忙，天也不得安閒哩！人要見機，得安閒處且安閒。」聞煥章也說：「便是天也無一刻之停，人只要臨機應變，不落圈套便好了。」公孫勝所賦的道情可更徹底了：

功名富貴霎時忙，走馬燈邊一樣。美酒三杯沉醉，白雲一枕清涼。……（西江月）

此外，陳忱仍承水滸餘緒，相信人間的定命論：「凡人一飲一啄，莫非前定，況爲一國之主乎！」（三十四回燕青說）另一想法是「天下者，天下之天下，非一人之天下。」（同上）「英雄自古無憑準，脫卻蓑衣換衮衣」（三十五回）這儼然又是一種革命思想。「凡人打掃一片心田，乾乾淨淨，雖做強盜的，後來必有好處。」這當然是爲梁山前後的好漢們大大的迴護了一番。不過燕青還代作者說了一套爲君之道：「安不忘危，有國家的不比庶民，須要兢兢業業。……」因而諷刺奸佞不遺餘力，且比水滸更針針見血：「多少巨族世家，受朝廷幾多深恩厚澤，一遇變故，便改轅易轍，頌德稱功，依然氣昂昂爲佐命之臣，何況這樣煙花賤婦，卻要他苦志守節，眞是宋頭巾！」（這「宋頭巾」與書末的詠嘆詩一對照——「儒者空談禮樂深，宋朝氣運屬純陰」，又透現作者胸中另一番意思了。「據他們逞一時之勢，而今安在哉！」又引「不是一番寒徹骨，怎得梅花撲鼻香。」大有正義終必伸張、邪惡必然銷蝕之旨。而且竟兼有《西遊記》歷經磨難的造意了。對於時事的感憾，三十八回也有一大段：「……如今看起來，趙家的宗室，比柴家的子孫也差不多了。對此茫茫，只多得今日一番嘆息！」燕青道：「譬如沒有這東南半壁，傷心更當如何？」多少風人之思！

前文說本書文字的善於安排，往往在一戰鬥的場面之後，勻出篇幅來抒寫一寧謐之境。如二十二回破滄州之後，轉寫戴宗、楊林住在觀中出外沽酒的一段：

> 立在橋上，看那一帶清溪潺流不絕，靠著山岡，松林深密。有十餘家人家，都是草房，門前幾樹垂楊，一陣慈鴉在柳梢上呀呀的噪，溪光映著晚霞，半天紅紫。……到村盡處，一帶土牆，竹扉虛掩。楊林挨身進去，庭內花竹紛披，草堂上垂著湘簾，紫泥堊壁，香几上小爐內裊出栢子清煙，上面掛一副丹青，紙窗木榻，別有一種情況。

似此文字，大可選作小品範文。在歷來長篇作家中，吳承恩寫景傷於冗繁，吳敬梓又太簡略，甚至曹雪芹也不免有過於豐膩之失，施耐庵偶有佳致，但往往不暇及此，只有劉鶚可與陳忱作比，但他又似乎有意作「遊記」，不似陳忱剪裁勻停，效果婉妙。

又寫北宋末人民對朝廷的反應，也有妙筆數起，爲《三國演義》中都見不到的。二十三回寫欽宗命內侍朱拱去宣李綱復職，「朱拱軀體肥胖，行步甚遲，百姓大怒道：你這閹狗，一向專權用事，蒙蔽聖聰！今著你宣召李綱，故意遲慢，違背聖旨！眾人一齊動手，把個朱拱頃刻臠割了，並殺內侍十餘人。詔趣种師道入城彈壓。師道乘輿而至。眾褰簾看道：果是我相公也！師道一揮，眾人聲喏而散。」雖或不免誇張，但神氣飛揚，使讀者驟得一直接之感應。

另一段全書最飛揚聳動的大塊文章，實在不忍心不作奇文共賞的嘗試：燕青、楊林、呼延鈺、徐晟等巧遇押解中的四奸臣，「燕青走回與眾人說道：偶然遇著四位大貴人，須擺個盛席待他。……眾人一齊道：眞是難得相逢！每人賞他一刀便了，擺甚筵席！燕青道：若是一刀，有甚趣味？須要慢慢消遣他。……燕青（對蔡京等）道：敝友是極世情的，就屈臺駕同往。……蔡京尋思道：世態炎涼，還有這等存厚道的人！……見蔡京等到了，動起軍中鼓樂來。李應降階相迎……李應笑道：太師是一人之下，萬人之上，四海俱瞻的。雖是向日屢沐恩波，但不得一覲龍光……」隨後才慢慢把話說出來，一個挨一個的指斥諷嘲，正是冤家見面，分外眼紅，使奸臣們「魂飛魄散」、「頓口無言」、「面如土色」、「跪下哀求」……這其間燕青老話重提，要和高太尉「相撲取樂」；又殺出一個樊噲型的樊瑞來，「圓睜怪眼、倒豎虎鬚」喝了一陣「鳥」字經。我敢說這一篇是中國自有小說以來所未曾有的，就說《史記》的鴻門之宴，也畢竟欠缺一些演義式的餘裕和穿插。即此「贈鴆酒奸黨凶終」半回，陳忱便足以不朽了！

燕青的幽默可大可小，一如他的明理和多智，他是三國的孔明，儒林的少卿，紅樓的寶玉。救了一個婦人，卻笑道：「我們也不是好人，你要仔細。」大家分吃炊餅肉耙子，他說：「這佛殿上不穩便。」才打了一場苦仗，卻帶些伙伴「去野外打鳥雀頑耍。」又存心去看望被俘的徽宗，獻上青子黃柑，引起一番酸楚。李俊要推拖婚姻的事，他卻謅出一個「鰥國」來，在在使人解頤沁脾且折服。這是一個有擔當、有情趣的人，怕比劉鐵雲全心塑造的自我形象——老殘還要有份量得多。

另一個水滸中的風雲人物武松，卻到三十七回才露面，可是陳忱寫他，卻是筆筆不「賴」：「武行者攤出脊樑，行童與他搔癢，見眾人走來，喫了一驚，叫聲阿呀！」「武松道：心如死灰，口還活動，況且熬不得酒。」「若在今日，猛虎避了他，張都監這干人還放他不過！」（不是說奸人比猛虎更惡麼？這比儒林外史諷得還紮實。）「在此慣了。魯智深的寶塔，林沖的墳墓（又是故人）都在這裡，要陪伴他。」「樂和道：算不得官，不過混帳。武松道：也強如在梁山泊上做強盜。」「殺得好！林教頭的魂也是鬆爽的。」

不止恁地，連小人物都邪氣得讓人「鬆爽」：一個夜叉型的巫氏明明要錢不要娘的，卻說：「你請了賞錢來，我要做兩套衣服，到大悲寺裡還血盆經心願。」樊瑞見著官人要買路錢：「你敢把驢頭來送做程儀嗎？」他是李逵的後補。

「極刁惡的是中國人！搜括金銀，本要和議……」「……自然生出許多魔難來，把人性命細細消磨！」「只得萬戶蕭條……那龍樓鳳闕依然高插雲霄，只是早朝時節，鳴鐘伐鼓，九重之上百官朝拜的不是姓趙的皇帝了。「中國人都是奸邪忌妒，是最難處的。海外人還有些坦直……」作者的悲憤的塊壘，密密地攪入了這部俠義傳。他駁斥神仙的迷信，有一段沉重直截之文，且出自道士之口：「若說點石為金，便是貪夫妄想，離大道已遠，不是神仙的材料了。」不過仍有保留：「度世金丹，原是有的，但須進一步方知一步的境界，上一層方有一層的神通，豈是門外漢容易得到的？」「我大地遊行，遇緣隨喜，那裡能長遠住在這裡？」他所認可的似只是那種近乎逍遙遊的境界。他又相信因果報應，且情節中屢見此類安排，這原是中國亂世作者藉以懲惡的消極手段，不足為奇。不過書中女子之缺乏個性，以致流於道具化，則確是不爭的缺點。又狀物繪人喜夾插詩句及韻文，亦往往有失俗庸。最後當補充一點，作者在寫景造境時，往往喜連用四字語句。不但修辭佳妙，且效果卓然。如三十八回：

（時值）清明將近，天氣晴和，柳垂花放，香車賽馬，士女喧闐，畫船簫鼓，魚鳥依人，（況又）作了帝都，一發繁盛，（眞是）十里紅樓，一窩風月。

這段略去三個語首詞，竟連用四字句十一次之多！

《聊齋志異》的主題

以下是蒲松齡《聊齋志異》四百餘篇的主題，力求簡潔及周遍。無主題者以情節代之。

一、考城隍

1. 考試（影射科舉考試）。
2. 陰陽可相通。
3. 表揚孝道。
4. 忠臣出於孝子之門。

二、瞳人語

1. 鬼神施罰。
2. 人人有自新之機。

三、畫壁

1. 幻由心生。
2. 色情宜戒。
3. 色即是空。

四、種梨

1. 神仙遊戲幻術。
2. 吝嗇者有惡報。

五、勞山道士

1. 神仙遊戲。
2. 學道貴誠。

六、長清僧

1. 僧魂可託生。
2. 魂之不散，乃因性定。

七、狐嫁女

1. 陰陽相通。
2. 狐可通靈。
3. 狐怕官威。
4. 狐用人之禮俗。

八、嬌娜

1. 男女之間有友情。
2. 人狐可相通。
3. 感恩知報。
4. 狐有神靈。

九、妖術

1. 買卜爲癡。
2. 妖術可欺人，亦可致命。
3. 妖術可破解。

十、葉生

1. 鬼魂可化人。
2. 科舉不公。
3. 成功不必在我。
4. 知恩必報。
5. 宿命觀。

十一、成仙

1. 友誼可貴。
2. 神仙遊戲。
3. 忍耐可貴。
4. 眞假往往難辨。

十二、王成

1. 人狐之誼三世不絕。
2. 民生之本在勤。
3. 懶者得福：與命運和性格皆有關。

十三、青鳳

1. 人狐可相通。
2. 愛情之堅貞。
3. 知恩能報。

十四、畫皮

1. 好色有果報。
2. 愛感動天地。
3. 天道好還。

十五、賈兒

1. 孝者無敵。
2. 邪不勝正。

十六、董生

1. 狐失德遭天譴。
2. 人好色亦自尋惡果。

十七、陸判

1. 申張男性之友誼。
2. 文才天成，後天亦可改變。
3. 人鬼相通。

4. 命運不可違。

十八、嬰寧

1. 天眞是寶，微笑是寶。
2. 記一少女成長爲少婦爲賢妻之過程。

十九、聶小倩

1. 堅貞不好色必有好報。
2. 愛情之偉大。
3. 邪不勝正。
4. 報恩者得福。

二十、水莽草

1. 人鬼相通。
2. 善有善報。

二十一、鳳陽士人

1. 夫妻關係因他人介入而變複雜。
2. 眞與夢相混雜。

二十二、珠兒

1. 陰陽互通。
2. 人間報恩。
3. 借屍還魂。

二十三、小官人

1. 東方小人國故事。
2. 天下烏鴉一般黑。

二十四、胡四姐

1. 捉狐鬼有術。
2. 狐人亦會妒忌。
3. 狐女報恩。

二十五、祝翁

1. 生死可自擇，且可及於親人。
2. 返魂有道。

二十六、俠女

1. 淑女持家可風。
2. 俠女復仇可敬。
3. 交友負義可誅。

二十七、酒友

1. 人狐可交友。
2. 狐能通神，預卜未來。

二十八、蓮香

1. 狐鬼人相通。
2. 異類相斥亦相助，化妒忌爲關愛。
3. 生死如謎。
4. 三角戀之最佳故事。

二十九、阿寶

1. 人鳥可通靈。
2. 精誠所至，金石爲開。
3. 痴有二義：一、痴情專一。二痴迷自溺。

三十、任秀

1. 現世報：冤有頭，債有主。
2. 報應不可逃免。
3. 鬼神通人間。

三十一、張誠

1. 兄弟連心。
2. 善有善報。
3. 人間多巧合。

三十二、巧娘

1. 人、鬼、狐相通。
2. 生靈皆有親子之情。
3. 二女可以共事一夫。

三十三、伏狐

1. 伏狐有術。
2. 人、狐可交媾。

三十四、三仙

1. 蟹、蛇、蝦蟆皆可成仙。
2. 仙有仙才，可助凡人中舉。

三十五、蛙曲

1. 蛙可作戲。
2. 蛙通音樂。

三十六、鼠戲

1. 鼠可作戲。
2. 鼠戲不遜人間。

三十七、趙城虎

1. 人虎可通靈。
2. 虎懺悔如人。
3. 虎能報答人贖罪。

三十八、小人

1. 術人可縮小人體。
2. 返形無術。

三十九、梁彥

1. 怪物纏身，揮之不去。
2. 贅疣來源。

四十、紅玉

1. 有德者多助，人俠己俠。
2. 狐鬼神通，能在適當時機現形及隱沒。
3. 大恩不望報。

四十一、林四娘

1. 鬼亦風雅。
2. 誦經有利輪迴。

四十二、魯公女

1. 人可超脫生死。
2. 誠信則靈。
3. 愛感動天地。

四十三、道士

1. 遊戲人間。
2. 眞幻難分。
3. 傲慢者受薄懲。

四十四、胡氏

1. 人狐可友可婚。
2. 狐易惱羞成怒。
3. 狐可諭之以理。

四十五、王者

1. 貪者必有報應。
2. 俠客神出鬼沒。

四十六、陳雲棲

1. 女道士還俗故事。
2. 一夫二妻各有所長。
3. 姻緣中每有巧合。

四十七、織成

1. 湖女如仙，可以通靈。
2. 湖女有才亦有福。

四十八、竹青

1. 人鳥可互通。
2. 愛情可以超越世間一切阻障。

四十九、樂仲

1. 天仙遊戲。
2. 孝者必有善報。
3. 寡欲者多福。

五十、香玉

1. 花可通靈。
2. 花妖可爲人妻。
3. 緣來則聚，緣盡則散。

五十一、大男

1. 人間多巧合。
2. 善有善報，惡有惡報。
3. 賢妻孝子自有佳遇。

五十二、石清虛

1. 人之嗜物，亦痴亦酷。
2. 尤物招禍，但亦有例外。
3. 士爲知己者死：所謂知己，可人可物。

五十三、曾友于

1. 兄友弟悌之義，千古不變。
2. 遺傳之理固是，仍有不少例外。
3. 仁者典範，萬人宗仰。
4. 潛移默化。

五十四、嘉平公子

1. 人鬼可通。
2. 不通文理，鬼猶棄之。

五十五、苗生

1. 虎可通人。
2. 虎亦通文。
3. 忌妒誤人。

五十六、姐妹易嫁

1. 姻緣天定。
2. 各取所需，各得所報。

五十七、番僧

番僧幻術，莫可究詰。

五十八、李司鑑

1. 惡有惡報。
2. 惡人自裁。

五十九、保住

奇人有奇技。

六十、水災

善有善報，天災不波及善人。

六十一、諸城某甲

1. 一命不死，似有天意。
2. 一笑隕命，亦天數也。

六十二、戲縊

1. 輕佻宜戒。
2. 弄假可成眞。

六十三、阿纖

1. 疑人疑妖，殊不可解。
2. 善行善終，何必究詰。

六十四、瑞雲

1. 男之愛女，不以妍媸而異其心。
2. 仙人相助，易容而得婦。

六十五、龍飛相公

1. 改過遷善，必有後福。
2. 唸佛誦經，乃得遇危不死。

六十六、珊瑚

1. 悍婦奇聞，不可思議。
2. 孝者必有後福。

六十七、五通

1. 邪不勝正。
2. 行善必有好報。

六十八、申氏

1. 人不患貧，患無行。
2. 有德之人，鬼神祐之。

六十九、恆娘

1. 夫妻之間，關係微妙。
2. 易妻爲妾，以媚取寵。

七十、葛巾

1. 多種巧合之展示。
2. 人花相通。
3. 追根究底不如雅量寬容。

七十一、黃英

1. 花可化人。
2. 友誼、愛情可雙全。
3. 酒醉與人生。
4. 不可苟求富，亦不必求貧。

七十二、書痴

1. 書中自有顏如玉。
2. 讀書無用論。
3. 善有善報。

七十三、齊天大聖

1. 天下事不必實有其人，人靈之，則靈矣。
2. 人心所聚，物或託焉。

七十四、青蛙神

1. 蛙神祐人，人必自助。
2. 返璞歸正，情好益篤。

七十五、晚霞

1. 一技之長必有大用。
2. 二鬼相親，自成格局。

七十六、白秋練

1. 孝母有好報。
2. 精誠所至，金石爲開。

七十七、金和尚

1. 和尚五蘊皆空。
2. 背道而馳，是謂「和障」。

七十八、丐僧

1. 色即是空。

2. 生死一如。

七十九、蟄龍

一龍自書笥中出，騰空而去。

八十、小髻

尺許小人連翩出洞，燒之四散，亦詭聞也。

八十一、霍生

1. 狎戲不可。
2. 冤鬼尋仇。

八十二、狐諧

狐之變化多端，亦謔亦諧，不可殫述。

八十三、續黃粱

1. 福善禍淫，天之常道。
2. 修德行仁是正道。
3. 刀山油鍋，可眞可虛，眾苦並陳，以愓世人。
4. 功名富貴，原爲空幻。

八十四、小獵犬

小獵犬橫行，終成紙剪物，疑是幻術。

八十五、辛十四娘

1. 佻語致禍。
2. 官場黑暗，下情不易上達。
3. 狐鬼通靈，有先見之明。
4. 愛情至上，能助情人免禍。

八十五、白蓮教

邪教幻術，巨人施威。

八十六、胡四相公

狐生幻術，無所不至。

八十七、仇大娘

1. 造物不由人。
2. 仇之反益福之。
3. 機詐者無聊。
4. 受愛敬者反得禍。

八十八、李伯言

1. 陰司之刑，慘於陽世，責亦如之。
2. 陰司關說不行，勝於陽世。

八十九、黃九郎

1. 同性戀故事。
2. 雙性戀故事。
3. 借屍還魂故事。

九十、金陵女子

1. 偶遇佳人，飄忽若奔。
2. 奇遇收歇，卻得良方十數。

九十一、連瑣

1. 人鬼之戀。
2. 救死圓夢。

九十二、白于玉

1. 兩代奇緣。
2. 佳人天祐，火燒不死。

九十三、夜叉國

1. 夜叉實乃佳妻。
2. 家家床頭有夜叉。

九十四、老饕

綠林大盜化爲佳士。

九十五、姬生

1. 欲引邪入正，反爲邪惑。
2. 幸有佳妻助之，乃得脫困。

九十六、大力將軍

1. 厚施不問名，眞俠烈丈夫。
2. 將軍之報，慷慨豪爽！
3. 二賢相遇，千古奇事。

九十七、劉海石

1. 仙人妙用，變化多端。
2. 遨遊海上，拔救眾生。

九十八、犬燈

狐女變化施威，無所不至，人不能及也。

九十九、連城

1. 一笑相知，許以終身。
2. 人間遇合，貴乎知心。

一百、汪士秀

水中奇遇，父子重逢，復活喜劇。

一〇一、小二

1. 佳女善行。
2. 是天授，非人力也。
3. 奇遇巧助，乃得成功。

一〇二、庚娘

1. 大變當前，淫者生之，貞者死焉，生者裂人眥，死者雪人涕。
2. 談笑不驚，手刃仇敵，巾幗英雄也。

一〇三、宮夢弼

1. 良朋葬骨，化石成金，乃慷慨好客之報。

2. 閨中人亦因善得報。
3. 造物不妄降福澤。

一〇四、狐妾

1. 女有先見之明，可卜吉凶。
2. 天下無主之物，取之不盡，何必行竊！

一〇五、雷曹

1. 樂子投筆易位，可比班超。
2. 雷曹感恩圖報，亦合天道。

一〇六、賭符

寫賭博之害人。

一〇七、阿霞

1. 喜新厭舊，爲害殊大。
2. 天之報人慘矣。

一〇八、毛狐

1. 狐言可信。
2. 非祖宗修行不可得高官。
3. 非本身數世修行，不可得佳人。

一〇九、青梅

1. 天生佳麗，以報名賢。
2. 曲折玉成，造化用心良苦。
3. 夫人識英雄於塵俗，難得！

一一〇、田七郎

1. 友誼珍貴。
2. 生死道義。
3. 惡有惡報。

一一一、羅剎海市（疑爲兩篇）

1. 羅剎國以美爲醜，以醜爲美。
2. 海市見佳人（二者或相對襯）。

一一二、公孫九娘

1. 人鬼路殊。
2. 人鬼亦有緣，然不能久。

一一三、狐聯

二美爲狐，吟聯勝男。

一一四、翩翩

1. 仙者有翩翩之姿。
2. 其情其態，恍若凡人。

一一五、促織

1. 貧人以促織致富。
2. 天以富貴酬長厚者。
3. 一人飛昇，仙及雞犬。

一一六、向杲

1. 壯士志酬，必不生返，此千古恨事。
2. 借人殺人，仙人之術。

一一七、鴿異

1. 物以類聚：良友、良臣亦然。
2. 鬼神怒貪而不怒痴。

一一八、江城

1. 悍婦可怕，然必有報。
2. 天下萬事皆有報應。
3. 天下賢婦十之一，悍婦十之九。

一一九、八大王

1. 酒人醒時如人，醉時如鼈。
2. 鼈勝於人：不敢忘恩，不敢對長者無禮。

一二〇、邵女

1. 女子狡妒爲天性。
2. 妾媵炫美弄機，尤增人怒。
3. 若以命自安，以分自守，百折不移，難能可貴。

一二一、鞏仙

1. 袖裡乾坤，乃一寓言。
2. 有幸福無煩憂，何異桃花源！

一二二、梅女

1. 官卑者愈貪。
2. 作惡必報。

一二三、郭秀才

奇遇致病，不可究詰。

一二四、阿英

1. 鸚鵡故事，奇中之奇。
2. 鳥化爲人，巨貓銜之。

一二五、牛成章

婦因夫死棄子改嫁而遭果報。

一二六、青娥

1. 痴人狂士，因孝行而得善報。
2. 婦人三十年屢棄其子，不可解。

一二七、鴉頭

1. 妓皆狐，狐而鴇，則禽獸也。
2. 百折千磨，之死靡他，遠勝人類。

一二八、余德

神仙妙用，不可思議。

一二九、封三娘

1. 人狐交誼甚篤。
2. 狐庇善人。

一三〇、狐夢

1. 人狐交好。
2. 盛氣平，過自寡。

一三一、章阿端

1. 人鬼交好。
2. 情之所鍾，本願長死，不樂生也。然偷生罪大，偷死罪小，薄懲可也。

一三二、花姑子

1. 蒙恩銜結，至於沒齒，人不如禽獸。
2. 憨者慧之極，恝者情之至。

一三三、西湖主

1. 人神相通。
2. 嬌妻、貴子、長生，不易兼得。

一三四、伍秋月

1. 殺惡吏，主公道。
2. 即冥王亦善之。
3. 信佛者無恙。

一三五、蓮花公主

1. 奇夢娶妻。
2. 遭危共逃。
3. 以蜂制蛇，得以脫難。
4. 眞與夢混雜。

一三六、綠衣女

1. 綠蜂化女，與男相交。
2. 救蜂於蛛網，亦人虫之誼。

一三七、荷花三娘子

1. 狐女戀男且救男。
2. 履化爲石燕，亦著舊情。
3. 冰縠披猶伊人，若隱若現。

一三八、金生色

1. 夫死婦淫，終得果報。
2. 諸關係人或死或窮，因果井然。

一三九、彭海秋

1. 馬化爲人，人而爲馬。
2. 仙人作良媒，風塵不可棄。

一四〇、新郎

1. 新郎遇鬼，誘之外出不歸。
2. 多月後安歸，如同一夢。
3. 奇遇奇聞，終歸於和平。

一四一、仙人島

1. 爲求佳麗留仙人島上，且享長壽之福。
2. 因輕薄減其祿籍。

一四二、雲蘿公主

1. 悍婦可怕。
2. 以毒制悍。
3. 婦悔過得福。

一四三、甄后

1. 前世冤孽，今生再會。

2. 甄氏報劉楨，曹操化惡犬，一場冤情，終歸烏有。
3. 奇想入幻。

一四四、宦娘

1. 男女以琴結緣。
2. 宦娘如仙，其琴音如仙音。

一四五、阿繡

1. 劉得美女阿繡，終成一對。
2. 狐女善竊，乃阿繡姐，時隱時現。
3. 狐女能決一切疑難。
4. 二女皆神奇。

一四六、小翠

1. 狐女報恩，乃無心之德。
2. 月缺重圓，從容而去。
3. 仙人之情遠勝流俗。

一四七、細柳

1. 後母亦有好者。
2. 嚴格管教子弟生效。
3. 兄弟情重。
4. 辛苦必有好報。

一四八、鍾生

1. 命運前定。
2. 因果報應。
3. 善人有善報。

一四九、夢狼

1. 天下官爲虎，或吏爲狼，比比皆是。
2. 人貴能自顧其後。

一五〇、天宮

1. 迷入天宮，逢遇美女，是耶非耶？
2. 疑似嚴嵩子世蕃之家，其女蓋姬妾也。
3. 一樁疑案！

一五一、冤獄

1. 訟獄必慎。
2. 爲官宜受詞訟。
3. 刑案宜早偵結。
4. 婦人感義而嫁。

一五二、劉夫人

1. 貪近乎貧。
2. 恤人積德，數世素封。

一五三、神女

1. 神女神奇。
2. 顧姬博士乃能知之。
3. 人之慧有靈於神者。

一五四、湘裙

1. 孝友之道。
2. 仲之友愛，使他延壽。

一五五、羅祖

1. 捉姦而赦之。
2. 官府代報仇。
3. 恕人者得道成仙。

一五六、橘樹

1. 橘樹與官家女有緣。
2. 其結實，似感恩；其不華，似傷離。
3. 人情與物理相通。

一五七、木雕美人

1. 木雕美人為戲，栩栩如生。
2. 技也，近乎神矣。

一五八、金永年

八十二、七十八歲的夫婦因買販公平而生一子。

一五九、孝子

1. 以割股治母疾，果癒。
2. 自傷父母所賜之肌膚，是孝是不孝？

一六〇、獅子

暹羅獅子奇形奇行。

一六一、梓潼令

1. 二夢為令，皆若合符契。
2. 夢為預言。

一六二、賈奉雉

1. 佳文不中舉，劣文乃中。
2. 榮華之場，皆地獄境界。
3. 諷科舉甚力。

一六三、三生

1. 三世為仇，冤冤相報。
2. 一朝開脫，終告和好。

一六四、長亭

1. 狐情反覆，譎詐已甚。
2. 宜止怨而仁化之。

一六五、席方平

1. 淨土不可恃。
2. 生死無常。

3. 席生忠孝不移，十分偉大。

一六六、素秋

1. 富貴天定。
2. 宜堅持到底，否則徒死無用。
3. 科舉不公。

一六七、馬介甫

1. 妒婦不可救藥。
2. 命中注定，難以解脫。

一六八、雲翠仙

1. 惡友不可交。
2. 狹邪子可怕，足以窮家敗身。

一六九、顏氏

1. 翁姑因新婦而受封。
2. 巾幗勝於鬚眉。
3. 女扮男裝。

一七〇、小謝

1. 一人得二絕世佳人，千古一見。
2. 道士其仙乎！其術甚神。

一七一、蕙芳

1. 貧馬生得蕙芳，奇遇也。
2. 仙人貴樸訥誠篤。

一七二、蕭七

徐繼長與蕭七女偶然結緣，霎忽消失。

一七三、顧生

病中迷幻，見群嬰見王子，且爲之治病，醒來目疾已癒。是傳奇故事。

一七四、周克昌

1. 庸人有福。
2. 精光陸離者，鬼（神）所棄。

一七五、鄱陽神

自家神明救我於風浪中。

一七六、錢流

杜和在園中見錢流如水，掬之僅得。

一七七、楊疤眼

獵人見二小人，且有對話，叱之不見。

一七八、龍戲蛛

1. 二蛇夾一蛛，雷霆作，清官一家死。
2. 廉吏暴死，天道無常！

一七九、役鬼

楊医能役鬼，奇聞也。

一八〇、三朝元老

無恥官員，二例並呈。

一八一、夜明

一巨物偶現，照明長夜。旋又失蹤。

一八二、鳥語

道士識鳥語，全屬預言示警。

一八三、菱角

老嫗疑爲觀音現身，助理家務，且救難。

一八四、邢子儀

1. 不愛色者天報之。

2. 好運不絕如縷，不知所自。

一八五、陸押官

陸押官侍一官，常得意外財，不知何故，仙乎？狐乎？

一八六、陳錫九

1. 孝爲大善，鬼神通之。
2. 孝子達人終必脫貧。
3. 只顧聲勢富貴者必無善終。

一八七、于去惡

1. 張飛廟有靈驗。
2. 三十五年方一巡人間：可弭平不平之事。

一八八、鳳仙

1. 冷暖之態，仙凡無殊。
2. 少小不努力，老大徒傷悲。
3. 佳女可助男子反省。

一八九、佟客

1. 忠孝乃人之天性。
2. 但人有不能死君父者。
3. 異人仗義救友，其術只授忠臣孝子。

一九〇、愛奴

1. 夫人教子，厚待其師，賢女也。
2. 豔屍不如雅鬼。

一九一、小梅

1. 不絕人嗣者，人亦不絕其嗣。
2. 死友而不忍忘，感恩而思報，君子也。

一九二、績女

佳女與媼相親，共紡績，緣盡乃去。

一九三、張鴻漸

1. 官府事不易了斷。
2. 含冤逃亡，幸得狐女助，且家有賢妻。
3. 善人善報，一家團圓。

一九四、嫦娥

1. 有仙女消我災、長我生、不我死，福哉！
2. 天道循環，理有固然。

一九五、褚生

1. 教門人，而不知自教其子，嗚呼！
2. 作善於人，而降祥於己。
3. 褚生以魂報友，其志行可貫日月。

一九六、霍女

1. 佳女如仙，三易其主，爲吝者破其慳，爲淫者速其蕩，非無心者也。
2. 貪淫鄙吝，溝壑不惜。

一九七、布商

1. 布商有善心，被僧迫幾死。
2. 神佛現化，救得善人。

一九八、彭二掙

彭於路途忽入囊中，蓋狐祟也。

一九九、跳神

跳神以卜疾，但有神怪出焉。

二〇〇、鐵布衫法

駢指可斷牛頸，橫搠可洞牛腹。

二〇一、美人首

鄰屋美人伸頭似妖，斬之亦無後患。

二〇二、山神

山神現形，酒肴全失。

二〇三、庫將軍

庫事僞周而叛，冥王罰之。遂死。

二〇四、司文郎

1. 餘杭生自傲以文，鬼神厭之，玩弄之。
2. 人貴修德。

二〇五、呂無病

1. 心之所好，不在妍媸，情人眼裡出西施。
2. 不遭悍妬，不彰其賢。
3. 根器厚者，豁然一悟，立證菩提。

二〇六、崔猛

1. 崔猛志意慷慨，善打不平，鮮矣！
2. 李申一介細民，乃能濟美，尤爲可貴。

二〇七、安期島

仙島奇聞，有奇緣乃得一遊。

二〇八、薛蔚娘

1. 恩怨情仇。
2. 知恩必報。

二〇九、田子成

子成之子江邊遇父之鬼魂。

二一〇、王桂庵

1. 心誠則靈。
2. 愛情是人間緣份。

二一一、褚遂良

1. 隔世報應。
2. 神仙遊戲。

二一二、公孫夏

1. 市儈不可爲官。
2. 世間惡人誅不勝誅。

二一三、紉針

1. 神龍中有遊俠，癉惡彰善。
2. 紉針恐爲龍女謫降。
3. 因果報應，絲毫不爽。

二一四、桓侯

1. 古人顯靈。
2. 傳奇故事。
3. 細草致富，亦歎觀止。

二一五、粉蝶

1. 人可化蝶，蝶亦化人。
2. 音樂之技，貴乎熟練。

二一六、錦瑟

1. 避悍婦有方。
2. 天女降凡助凡夫。
3. 凡夫亦可仙去。

二一七、房文淑

1. 豔遇可羨。
2. 盼得子嗣。
3. 傳奇故事，滿足男子之心。

二一八、豢蛇

1. 蛇可豢養，不傷人。
2. 佛坐其上，可鎮蛇族。

二一九、狂生

1. 狂生不畏貴富。
2. 受賄關說，品斯下矣。
3. 狂生實有雙重人格。

二二〇、孫心振

1. 有天賦者可免災。
2. 眾人不明，乃遭災禍。

二二一、張不量

1. 因行善而得福佑。
2. 天佑善人，絲毫不爽。

二二二、紅毛氈

1. 神奇故事，可發一噱。
2. 凡事宜慎之於初，否則悔之晚矣。

二二三、負尸

負尸覓頭，傳奇故事。

二二四、鞠藥如

成仙故事，簡淨可挹。

二二五、盜戶

1. 明火劫人者，官不以爲盜，而以爲姦。
2. 踰牆行淫者，每不自認姦而自認盜。
3. 世風日下。

二二六、偷桃

術人技倆，不可思議。

二二七、口技

口技神奇，變化萬千。

二二八、王蘭

1. 鬼卒誤拘亡魂，是耶非耶？
2. 人狐鬼仙，似可合一。
3. 因禍得福。

二二九、海公子

大蛇和蛇精，其遇甚奇。

二三〇、丁前溪

1. 貧而好客，誠不易也。
2. 受恩不忘報，亦美德也。

二三一、義鼠

義鼠爲友伴之死與蛇苦鬥，誠義行也。

二三二、尸變

尸變可畏，亦且無奈。

二三三、噴水

女屍乍出噴水，溺死一主二婢。

二三四、山魈

山魈傷人可畏。

二三五、蓛中怪

蕎麥田中有鬼怪，驟出殺人。

二三六、王六郎

置身青雲，不忘貧賤，此所以爲神。

二三七、蛇人

1. 蛇有蛇德，凡人莫及。
2. 蛇戀戀故人，且能從諫。

二三八、雷神

1. 雷神施威，不可倖免。
2. 體天之恩，暴雨多降山谷，勿傷禾稼。

二三九、僧孽

1. 地獄可怖。
2. 爲惡者必有冥報。

二四〇、三生

三生輪迴，冥報歷歷。

二四一、耿十八

1. 死者奇遇，復活尤奇。
2. 妻不守諾，乃遭厭薄（以今日觀點言之，夫亦太苛求）。

二四二、宅妖

1. 邪怪之物，唯德行可以已之。
2. 人面不可嚇鬼，鬼面豈可嚇人？

二四三、四十千

兒女爲報恩或索債者，前生無欠負者，必不得子。

二四四、九山王

1. 因果有定數，有盜根者必得惡報。
2. 誤信人言，不得好下場。

二四五、潍水狐

1. 前世爲驢，今世爲官貪婪。
2. 狐如子民，固知避之。

二四六、陝右某公

輪迴果報，成牛成馬或羊，一善可復爲人。

二四七、司札吏

官吏多忌諱，因犯諱殺吏，乃被鬼諷。

二四八、司訓

1. 聾子爲官，終被黜免。
2. 人貴有自知之明。

二四九、段氏

1. 段連氏雖妒，而能悔改，天亦獎之。
2. 悔改之後，慷慨自若，可敬可佩。

二五〇、狐女

1. 狐女亦重倫理。
2. 金屋亦幻相，正喻人生。

二五一、王大

1. 幻術驚人亦警人。
2. 昔之官諂，今之官謬，皆可誅可恨。

二五二、男妾

男化爲妾，識者賞之，誠知音也。

二五三、汪可受

1. 三生變化，可驚可信。
2. 能文是吉祥。

二五四、王十

1. 官禁可議。
2. 寬宏者乃良吏。

二五五、二班

1. 有恩必報。
2. 人虎可通靈。

二五六、募緣

1. 私剋有惡報。
2. 發威爲善。

二五七、馮木匠

孽緣亦有期限。

二五八、乩仙

乩仙能預言。

二五九、泥書生

泥書生乃妖，禍祟少婦。

二六〇、蹇償債

驢向主人償前世之債。

二六一、驅怪

徐生善咒，受邀驅怪。

二六二、秦生

1. 狐仙救醉斃之人。
2. 嗜酒者口不擇飲。

二六三、局詐

美人計，仙人跳。

二六四、曹操塚

七十二塚外更有一墳。

二六五、罵鴨

1. 盜者受天罰。
2. 罵者或慈悲。

二六六、人妖

1. 善用人者得天道。
2. 斷鉗而蓄蟹，兒童之智可師。

二六七、韋公子

1. 嫖娼本敗行。
2. 不悔而殺娼，自有果報。

二六八、杜小雷

1. 媳不孝者有惡報。
2. 人可化豬，以示懲戒。

二六九、古瓶

古瓶二枚，可驗陰晴、朔望，由涸井中掘出。

二七○、秦檜

一豬爲秦檜七世身，烹之惡臭，棄而投諸犬。

二七一、臙脂

1. 判案不易。
2. 官人必須愼思明辨。
3. 天下冤獄多矣。

二七二、雨錢

1. 狐仙雨錢，頃之化爲烏有。
2. 人不可貪非份之財。

二七三、雙燈

狐仙之緣，半載而盡。

二七四、妾擊賊

1. 人宜守本分。
2. 技高者反自斂。
3. 奇女子能忍。

二七五、捉鬼射狐

人有浩氣，狐鬼莫能侵。

二七六、鬼作筵

四鬼作筵，奇不可測。

二七七、閻羅

生人夜間為閻羅，為冥中監察御史。

二七八、寒月芙蕖

道人幻術，無所不至，但不肯授人。

二七九、陽武候

異人異兆，二虎庇佑。

二八〇、酒狂

酒人奇聞。

二八一、武技

1. 武技驚人，不可思議。
2. 不可逞強邀名。

二八二、鴝鵒

八哥巧妙，護主戲王。

二八三、商三官

1. 女中奇傑，不同凡響。
2. 知人不易。

二八四、西僧

1. 西僧慕中土，千辛萬苦始蒞臨。
2. 吾土之士慕西方亦然。

二八五、泥鬼

人挖泥鬼睛，乃得果報。

二八六、夢別

好友夢見其死，果然應驗不爽。

二八七、蘇仙

蘇氏浣於河，有感而孕，生一子，非人類。蘇女仙逝，兒返葬之。傳奇也。

二八八、單道士

道士作劇，翻手作雲覆作雨。

二八九、五羖大夫

暢生號五羖大夫，流寇囚之，竟得五皮護體。

二九〇、黑獸

1. 黑獸失鹿，遷怒於虎，殺之。
2. 可喻以貪官酷吏。

二九一、酆都御史

酆都情景，歷歷如繪。

二九二、大人

大人身巨，但亦有制伏之者，一女子也。

二九三、柳秀才

柳神告縣令蝗神將來，可求之。果一縣免災，蝗皆集於楊柳。此亦捨己助人也。

二九四、董公子

姦者受誅，關公顯靈也。

二九五、冷生

冷生善笑，因而黜落，然可謂求仁得仁；官長何其迂也！

二九六、狐懲淫

1. 生蓄媚藥，狐投入粥中，妻食之乃求姦於客，未遂。夫知之大悔。
2. 人有獸行，鬼神懲戒之。

二九七、山市

鬼市、山市，實皆海市蜃樓也。

二九八、孫生

1. 移憎爲愛，術亦奇矣。
2. 能令人喜者，亦能令人怒。

二九九、沂水秀才

1. 秀才遇二美。
2. 愛金不愛才女，乃受薄懲。

三〇〇、死僧

僧因惜財而隕命。

三〇一、牛飛

1. 邑人因惡夢售牛得金，爲鷹攫去。
2. 貪戀者必有失。

三〇二、鏡聽

1. 貧窮則父母不子。
2. 二婦激發夫君，亦足稱道。

三〇三、牛

有治瘟奇方，秘不傳人，乃牛盡死，神罰其私也。

三〇四、周三

英勇殲狐，英雄可風。

三〇五、劉姓

1. 富而醇謹，喜爲善，誠篤謙抑。
2. 排難解紛，儼然仁者。
3. 「爲富不仁」一語不可盡信。

三〇六、庫官

1. 飲啄有定，人之錢財，皆有分定。
2. 怪異不如貪瀆。

三〇七、金姑夫

1. 不嫁而守是爲貞。
2. 爲鬼數十年始易操，可謂無恥。抑亦可諒乎？

三〇八、酒虫

人因有酒虫在體內，故嗜飲，除之乃惡酒如仇。

三〇九、義犬

1. 義犬護金致死，爲築義犬塚。
2. 犬之忠義，人所罕及。

三一〇、岳神

岳神與巫醫聯手，勾魂引人。

三一一、鷹虎神

虎神代道士捉賊還錢。

三一二、齕石

馬夫入山學道，啖松子及白石。

三一三、廟鬼

1. 廟鬼擾人，武士鎖之而去。

2. 誠樸之人不可欺。

三一四、地震

康熙七年山東地震奇景。

三一五、張老相公

張老因黿喪妻女，冶鐵滅之。

三一六、造畜

術士化童爲畜，主人飲五羊，轉化爲童子。

三一七、快刀

快刀斬盜，一刀致命，快哉！

三一八、汾州狐

汾狐女能預知，十日送朱公渡河。

三一九、龍

龍行神跡。

三二〇、江中

黑人驟立江中，蓋古戰場之鬼也。

三二一、戲術

古之變魔術者也。

三二二、某甲

私僕婦而殺僕，十九年後遭報，一家二十七口全死。

三二三、衢州二怪

鐘樓鬼、布怪、鴨鬼，遇之皆凶。

三二四、拆樓人

冤死者魂來，拆人高樓。

三二五、大蝎

古寺有蝎，入寺者頭痛不能禁。

三二六、黑鬼

二黑鬼生子而白；二鬼對舞可觀。

三二七、車夫

狼咬車夫片臠而去。

三二八、碁鬼

1. 見奕忘其死。
2. 及其死，見奕又忘其生。
3. 所欲有甚於生者。痴人也。

三二九、頭滾

一頭由地中出，旋轉不已，預兆主人殺身之禍。

三三○、果報

惡行必有惡報，天實爲之？

三三一、龍肉

塞外地下有龍肉，可取食，但不可言龍字。

三三二、念秧

1. 騎者善墜。
2. 工於害人者終自敗。

三三三、武孝廉

1. 石孝廉斯文能下士。
2. 因負狐婦，乃吐血身亡。
3. 善人亦有惡行，戒之！

三三四、閻王

1. 悍妒之婦，天下多見。

2. 冥司之罰，如影隨形，人或不察耳。

三三五、布客

布販被鬼卒拘捕，教以造橋濟人，果脫一死。

三三六、農人

女爲狐祟，招一農人來剋狐。

三三七、長治女子

長治女爲人冤殺，請宰昭雪，然後投胎爲宰之女。

三三八、土偶

夫死造土偶肖夫，土偶化人，婦因而懷孕生子。

三三九、黎氏

1. 士無行必有報。
2. 再娶皆引狼入室。

三四〇、柳氏子

1. 暴得多金必樂。
2. 奈何必有報應。

三四一、上仙

狐仙能醫，亦能知過去未來。

三四二、侯靜山

山中猴仙，能預言，另一猴見之者必有慶幸之事。

三四三、郭生

1. 滿招損，謙受益。
2. 自以爲是，得意洋洋，必遭不幸。

三四四、邵士梅

高東海輕財好義，時助人，因一娼而死，死後投胎爲士梅，後卹其妻子。

三四五、邵臨淄

邑有賢宰，里無悍婦。

三四六、單父宰

二子割父睪丸求財，良宰並殺之。

三四七、閻羅薨

某公因誤調軍旅而全軍覆沒，冤鬼訴於冥，公求閻羅，閻羅欲小懲之，公一號而醒。

三四八、顛道士

道士幻術戲邑貴。

三四九、鬼令

展先生酒狂也，死後成鬼，猶以文字遊戲人間。

三五〇、閻羅宴

貧生遇閻羅，盛宴贈金。

三五一、畫馬

駿馬奔馳，貧士得値。後馬逸入崔生東鄰，不見，乃畫上一馬也，此乃馬妖。

三五二、放蝶

王令罰人納蝶自贖，後上司來，閨中以素花簪冠上，受上司詬罵，由是止罰蝶令。亦果報也。

三五三、鬼妻

夫妻恩愛，妻死化鬼來伴。後再娶，鬼夜擾不休。

三五四、醫術

一貧民爲醫，命好運足，竟成良醫。

三五五、夏雪

神亦喜諂，何況人乎！

三五六、何仙

乩仙預言每中，犯之或忘之則否。

三五七、潞令

貪暴不仁者必遭天譴。

三五八、河間生

狐翁感悟凡人趨於正道。

三五九、杜翁

杜翁冥遇：一豬觸死。

三六〇、林氏

林氏賢慧，死而復活，延綿子孫。

三六一、大鼠

宮中有大鼠，貓以智計殺之。

三六二、胡大姑

因戲作紫姑，家中狐祟多年。

三六三、狼

一篇屠夫屠狼記。

三六四、藥僧

某求遊僧壯其陽物，二吞藥丸，陽具暴漲，與二股鼎足，從此爲廢物。

三六五、太醫

孫評事死而復生，因食熊膽而猝死。

三六六、農婦

1. 農婦勇健如男子，爲人排難解紛。
2. 女忘其爲巾幗，眞丈夫也。

三六七、郭安

一僮殺郭安，宰判郭父以僮爲子。

三六八、查牙山洞

山洞奇景歷歷，一道士入住，墜死。

三六九、義犬

主人被溺死，義犬嚙盜並捕獲之。

三七〇、楊大洪

1. 楊漣正氣凜然，曾有奇遇。
2. 不作天仙，世上多一聖賢。

三七一、張貢士

貢士頭有小人出，唱崑曲，音技皆佳。

三七二、丐仙

1. 高醫樂於助人，遇天仙，得好報。
2. 醫者父母心。

三七三、耳中人

耳中有小人，出，如夜叉狀，遁走後，遂得顛疾。

三七四、咬鬼

翁遇女鬼上身。嚙之，終遁去。

三七五、捉狐

狐大如貓，捉之，欲殺之，不久遁去。

三七六、斫蟒

弟救兄於蟒口，創傷纍纍，半年方癒。

三七七、野狗

野狗咬人，以巨石擊之，乃遁。

三七八、狐入瓶

狐躲瓶中，石婦塞瓶，燒死牠。

三七九、于江

于江父爲狼所食，江以智勇殺死群狼。

三八〇、眞定女

孤女六、七歲收養於夫家，二年而孕，生一男。

三八一、焦螟

董家狐祟，道士與婢聯手逐之。

三八二、宅妖

宅妖如春凳。又有小人三寸許，抬一棺入…

三八三、靈官

狐翁有先見之明，曾因逃冥官遁入廁中。

三八四、細侯

1. 賈固奸邪，使滿生久錮，然得細侯而不能久，且失子，亦果報也。
2. 細侯痴情可敬，殺子太忍。
3. 滿侯眞情終得好報。

三八五、眞生

1. 眞生乃狐，以點金石貽賈生，賈生守信，且施且賈，三年施滿。二人歡聚終生。

2. 施而不貪，迥非常人。

三八六、湯公

湯公彌留，善惡交叉。得孔子、文昌君指點，復得觀音菩薩救援，乃得還陽。

三八七、王貨郎

小二遇亡兄，冥遊後歸來。

三八八、堪輿

1. 風水或有理，然癖而信之，則痴矣。
2. 信風水而至兄弟勃豀，停棺不葬，亦甚過矣。

三八九、竇氏

1. 始亂之，終成之，非德也。
2. 誓於前，絕於後，尤悖天理。
3. 惡有惡報。

三九〇、劉亮采

1. 劉交老狐，每告以休咎。
2. 劉乏嗣，狐願為其子，投胎。
3. 其子長大，任俠，急人之難。
4. 雖為傳奇，亦足警世。

三九一、餓鬼

1. 馬永受朱叟恩，投胎為其子，長為官，貪而酷，卒慘死。
2. 人欲脫胎換骨，難矣！

三九二、考弊司

1. 考弊司受賄，否則割肉受虐，閻王知，斥黜之。
2. 陰示科舉之弊。

三九三、李生

怪僧異行，不可究詰。

三九四、蔣太史

蔣太史前世為峨嵋僧，終於出家，示疾物化。

三九五、邑人

無賴邑人為二人攝去，被擠入屠夫之豬身，受割無數刀。

三九六、于中丞

于成龍巧智緝盜。

三九七、王子安

王子安困於功名，鬼狐乘他醉後戲弄之。

三九八、牧豎

二牧豎戲三狼，終於得手。

三九九、金陵乙

某乙與狐交，共為祟，異域僧厭勝，不料乙亦化狐，尋死。

四〇〇、折獄

清官折獄，果能澄清眞相，平反冤獄。

四〇一、禽俠

大鳥護鸛，以爪擊蛇，蛇首立墜。

四〇二、鴻

弋人得鴻，其雄者哀鳴，吐出黃金半錠，以此贖婦也。遂釋之，二鴻徘徊而去。

四〇三、象

1. 象困獵人，求其拯生靈於獅，獵人射殺雄獅，眾象拜舞答謝，且贈象牙無數。

2. 禽獸亦知報恩。

四〇四、紫花和尚

1. 丁某將死，請某生治病，一女子來，曰：「紫花和尚與妾有夙冤，今得追報，又欲活之耶？」某懼，辭丁，丁病復作。

2. 前世冤孽，今生追報。是耶非耶？

四〇五、某乙

1. 某乙為盜，受同類箠灼，遂深恨盜，投充馬捕，捕寇殆盡。另一人竊入室，險被捕，乃改邪歸正。

2. 二人均為悔過之賊。

四〇六、醜狐

1. 邪物之來，殺之亦壯舉。
2. 但既受其德，則鬼物亦不可負。
3. 傷者貪人，卒取殘害。

四〇七、錢卜巫

1. 老巫洩天祕，可恨。
2. 汰侈之習，王侯、庶人如一。可歎！
3. 生暴殄天物，死無飯含，可哀！
4. 其子能返正，卒以中興家業，可喜。

四〇八、姚安

1. 愛新殺舊，眞殘忍。
2. 果報井然。

四〇九、采薇翁

此翁腹藏刀兵，軍中悍將驕兵，每無故墜首，眾欲殺之，砍其頭而復合，終遁去。

四一〇、詩讞

1. 周元亮以詩捉兇定讞，聞者歎服。
2. 相士之道可移於折獄也。

四一一、毛大福

毛醫爲狼醫傷，得鉅金，幾成冤獄，狼爲證人，終得澄清。

四一二、雷神

1. 雷神最靈，往往託生人以爲言，應驗無虛。
2. 鬼神必求信於君子。

四一三、李八缸

1. 人生貧富，皆有定數。
2. 適時濟助，勝於始初。

四一四、老龍船戶

朱公致檄于城隍，夢中得謝，解出「老龍船戶」，乃捕五十餘名舟子，皆殺客兇手也。

四一五、元少先生

先生入冥爲師，窺見閻王威嚴，送歸，果以狀元終。

四一六、周生

1. 周生爲文狎謔，竟延禍於夫人與僕。
2. 冥間連坐，反勝於人寰？

四一七、劉全

牛醫侯某以一念之仁，得脫災難，且結識冥中大王，預告死期。

四一八、韓方

孝子韓方得土地神之助，破邪疫，癒父母。

四一九、太原獄

孫縣令明慧鞫獄，且知所變通。

四二〇、新鄭獄

1. 石宗玉文才甚佳，施政、鞫獄亦甚高明。
2. 實心爲政，何往不利？

四二一、浙東生

狐女奇行，房生死裡逃生。

四二二、博興女

1. 勢豪姦殺王女，沉於淵，風雨大作，龍下攫某首而去。淵中女尸浮出，一手捉某頭。
2. 龍是女的化身，不可究詰。

四二三、一員官

1. 吳公清廉，狐言濟南只「一員官」。

2. 張公清廉，一毫不受，夫人咒之，竟死，不情之甚也（或乃巧合耳）。

四二四、花神

余夢花神請託，爲寫檄文，聲討風神。余乃文思洶湧。

四二五、土化兔

數兔半身尚爲土質，秦中傳說土能化兔，不可解。

四二六、烏使

烏程家居，鴉集屋上，自知將死，果然。此烏天使也。

以上各篇，旨趣各異，其最常見者爲：

一、人物（狐鬼等）相通。

二、民生艱苦。

三、愛情可貴。

四、科舉不公。

五、因果報應。

六、正義宜張。

七、政治不良。

《兒女英雄傳》的情節

第一回：康熙末，北京城裡有一旗人，學名安學海，儒雅博學，卻屢試不中，孺人佟氏，賢慧持家，公子安驥，乳名玉格，俊逸規矩，家居守正，不接外務，害羞如女子。一年，學海因聽家人友朋之勸，再度應考，以五十之年考中三甲進士，欽點河工知縣（人之所喜，爺之所畏）。

第二回：老爺打點上路，留安驥在家準備下一年的鄉試。學海到淮安報到，那河台是雜役出身，深諳爲官之道，學海卻一板一眼，與同僚亦不相値，不肯貪瀆，只做本分的事。不料所修河道裂了口子，把個不曾驗收的新工程，沖刷得塌了下來。於是上司革職查辦。幸而山陽縣令知道他是個清官，不曾下獄，安頓在監門裡一個土地祠居住。

第三回：安公子爲了救父，到處籌措，向不空和尚借了二千兩，親友門生另湊了些，變賣田產，共得五千兩，足以繳官免責。他帶了老家人華忠上路，不料華忠半路病倒，躺在旅舍，華忠只好推薦二十八棵紅柳樹的親戚褚一官代爲照料。

第四回：安公子請兩位騾夫苟、郎去二十八棵紅柳樹送信，不料二人覬覦他的銀子，並不去做，卻有心在半路上推落他，取銀走人。安驥一人住旅館，巧遇騎黑騾的美女十三妹，他以爲她是歹人，請二位更夫搬院子裡的石墩子壓門防賊，那知二更夫抬不動，十三妹反而自告奮勇，一力承擔，提起石墩，放在房裡，自己卻坐下了。

第五回：安驥弄巧成拙，十分尷尬，十三妹逼他說出眞情，她決心仗義幫忙，叫他在舍等候，自己出去一趟，凌晨再返，那知安公子聽了老闆的話，竟隨二騾夫先行，在路差點遭了毒手，幸一群貓頭鷹打岔，才留得一命，夜宿能仁寺，又遇惡和尚赤面虎要取命奪財，綁住了他，一刀砍下去。

第六回：十三妹及時趕到，先用暗器（彈子）打了惡僧，接著一個一個殺個痛快。安公子先自驚惶，以爲神仙降臨，後來才看清了對方是一女子，而且是「舊識」。十三妹心中又閃過男女之防之類的念頭。

第七回：此時忽聞求救之聲，循聲往看，原來還有別的受難者，一個被扣在大鐘下，接著又找到兩個櫃子：櫃門後暗藏機關，被十三妹何玉鳳勘破，然後找到一個夾道，一階一階走下去，是個十七八歲姑娘，酷似自己的模樣，這就是張金鳳，本書的第二女主角。原來她是一個貞潔烈女，未受和尚玷污，反而「把人家抓了個稀爛。」和尚正要殺她，幸被婦人勸住；十三妹又殺了幫兇的婦人。

第八回：安公子嚇得尿失禁，玉鳳見他跪在面前，說他「俗」。金鳳父母也向玉鳳道謝。然後玉鳳把自己的身世告知大家：父爲二品官，爲人所害，冤死，她爲了老母，暫時隱忍，投奔一英雄，後來與母結茅爲生，有時取不義之財維生。眾人佩服得五體投地。

第九回：玉鳳說自己殺了那麼多人，不會一走了之。她又說到她剛才去了老英雄那兒，代安公子借了三千兩銀子，以便救父。然後別出心裁，爲安、張連姻，好不容易說服金鳳及其父母，安公子卻抵死不從，說出一番大道理來。玉鳳舉起雁翎刀就砍。

第十回：在張家夫婦、金鳳打圓場之下，安公子終於回頭，願意結親，當下玉鳳作媒，拜了天地，然後上路，兩家成一家，玉鳳以彈弓相贈，一路成了護身符，盜賊爲之肅然。一路無阻到了淮安，把老爺的官司結了了，安老爺灰心仕途，帶著全家，仍回雙鳳村閉門課子。安、張夫婦十分和美。

第十一回：胡縣令聽書辦的話，把能仁寺血案結了。安公子一行四人在路因十三妹的彈弓備受禮遇，且有人自願護送他們。又遇一老人，聽見安是學海的公子，十分禮敬，且爲老爺抱不平。

十二回：安公子回家，說一切情節，母親大悅並接待張家父女，十分中意；這邊公子謁父，說明得銀經過，安老爺亦接受了媳婦。

十三回：欽差馬明阿是安爺的學生，恰好來此巡視，揭發了河台的貪鄙，收回贓款，朝廷把他發配，另派人接替。馬謁師，贈以萬金，然後離去。安爺退休，卻一心要找恩人十三妹。

十四回：安老爺到二十八棵紅柳樹訪老英雄鄧九公（十三妹之師），兼及褚一官，好不容易找到，卻聽說鄧公十分執拗，不好說話。（此時褚已娶鄧的女兒）。

十五回：安爺和鄧爺一見如故，喝酒談心，並介紹他的三十歲姨太太（一位純眞的少婦）。又說起十三妹，鄧九公說到當年他行鏢時與海馬周三結怨，周三來尋仇，二人鬥武，相持不下，周三領二十多人來鬧，十三妹突現身，制服了周三。

十六回：鄧爺告知安爺十三妹母死，即將遠颺報父仇（是一個大人物，因兒女姻事而結怨），安爺決心去勸她，讓她引柩還鄉。鄧爺大喜。

十七回：安爺冒充尹先生，持彈弓見十三妹，勸她成（孝）服安葬母親，然後引出她仇人姓名來——大將軍紀獻唐。十三妹大驚，以爲尹是紀派來的奸細。其實安與十三妹之父是世交。

十八回：安爺把紀的一生溫習了一遍，原來紀自小聰明，長而爲官，一帆風順，立功無數，但跋扈囂張，天子令人核查之，以九十二罪下獄，令他自盡。所以十三妹之仇，當上已爲她報了。十三妹頓時如釋重負，卻又如喪考妣。

十九回：安爺又把自己的身分亮出來，說出自己原是十三妹祖父的得意門生，而且是她父親的拜把兄弟。十三妹原想用雁翎刀自刎，了此殘生，此時不得不拜見伯父，且答應扶柩還鄉，守墓終生。然後對著母棺痛哭一場。

二十回：她又和安太太見面，也是抱哭一場，立刻交心；金鳳、安驥也現身了，一起爲伯母戴孝，十三妹心中溫暖，簡直換了一個模樣，家人戴勤來了，說他夢見老爺已成了神靈。

二十一回：爲了祭祀，全家也忙了大半天。周三聞訊，帶了郝武等好漢來祭弔，聽了十三妹的半生事跡，十分感動，決心洗手從良，鄧九公決定分田地給他們耕種安居。

二十二回：扶柩回京途中，兩家人變一家，十分親密。何玉鳳夜夢父母升官，卻不認她，要她到安樂窩中求生。還有一匹白馬。她醒後才悟，那是影射「安驥」。於是在途中決心避他，以免嫌疑。

二十三回：安家夫妻、張老夫妻護何玉鳳進京，重歸故里，船靠通州，眼看要到了。褚大娘子（鄧九公之女）建議玉成安驥、何玉鳳爲夫婦，安爺本想免嫌，但轉念一想：要安頓這位愛姪女，這是最好的安排，於是大家一心致力此事，到了安家陽宅，何玉鳳哭拜父親靈柩。聽了風水的話，安葬二老於福地。張金鳳夢見夫君娶何。安力駁之。不料她拿出一張喜帖，竟是「龍鳳喜帖」，上有他和何的八字。

二十四回：眾人一面安排喪事，安葬了何家老夫婦，一面為玉鳳建一家廟，供她棲遲。不料暗中設計二人婚事，最後圖窮匕現，竟要她叫安爺夫婦「父母」，何這才恍然大悟，不禁變色抗議。

二十五回：鄧九公、安老爺等一一勸導十三妹，她只是不理會：此生不嫁，再說無用。然後張金鳳也上場了，何玉鳳更生氣：我對你何等之好，如今你也來算計我！乃以怒容相向。

二十六回：金鳳由四面八方勸說玉鳳，情理兼顧，駁倒她的「五不可」，玉鳳回心轉意，一個身子投入安太太的懷中，成了！

二十七回：首先說女子之妒，反襯金鳳之不妒，玉成郎與玉鳳。次寫婚禮，安爺參酌漢滿，得其中庸，鄧爺送了重禮，安驥倒像傀儡似的。

二十八回：續寫婚禮，夫妻調笑幾句，新郎才不像呆子。張金鳳覺得自己完成了一樁大事，大大地鬆了一口氣。

二十九回：二鳳交心，玉鳳心滿意足，細看閨房中所懸的筆墨文字。然後安公子上場了。其間玉鳳看見張家所供長生神位乃是自己，又羞又感動。

三十回：細表安驥其人。玉鳳金鳳與他行令吟詠，並勸他勿耽於玩樂，要專心舉業，他向二美擲杯發誓。

三十一回：隨緣兒媳婦（戴勤嬤嬤的女兒）及時趕過來，抓住了瑪瑙酒杯，使它不至摔破。二美體諒，使他左右逢源。夜中賊來，何玉鳳與張進寶共擒四賊。鄧爺告以玉鳳之武功，又亮出雁翎刀來，把四賊嚇壞了。

三十二回：鄧爺在賊臉上寫上笨賊兩字，又叫他們買瓦補屋。離別宴上褚大娘等歡欣得意。二鳳互嬉，又以風雅互惠。安公子感念二人之情，格外用功。

三十三回：安爺怕兒子天分過高，聰明有餘，沉著不足，又怕左擁右抱，誤了讀書和前程。公子向父母告一年半的假，專心讀書。玉鳳對張進寶訓示農事要旨。公子足不出戶，目不窺園，老爺親自督教。

三十四回：安學海訓誨兒子，情眞理切。安驥終於入了考場，見識了考場的種種切切。考畢出來，岳丈、老師程師爺都在門檻邊等他，程師看了他的文稿，十分稱許。安爺亦許之，但愁才氣過於發皇，不合考官口味。當夜月食，安爺、舅太太等切題聊天。

三十五回：婁考官見安驥文好，卻疑是皇家貴戚，怕取中了惹人閒話，欲棄置之，卻見一神明（何玉鳳父）現形，力薦之，他終於取了安卷，不料主考官說「漢軍卷子已取中得滿了額了。」婁主政力爭，只得「備中」。最後竟倖得第六名。安驥哭了。安爺十分欣慰。

三十六回：安驥考中進士，殿試時原按成例，漢軍旗子弟不得入一甲，卻因天子慧眼，把他超拔爲探花。公子傳臚下來，授了編修，收拾回家叩見父母。安爺說正是兩位佳婦佑子成名。

三十七回：程師爺賀學生，學生及家長謝老師。程師爺的迂相逗得家人們又敬又笑。安公子與二鳳吃合歡酒。

三十八回：安驥把家藏的廿二史古名臣奏疏以至本朝開國方略、大清會典等，搬出來隨時流覽，又向父親隨時請教，從此胸襟見識日見擴充，益發留心庶務。武官陸葆安來晉見，頗不傖俗。鄧爺送來賀禮，賀函多白字，但催二鳳生子。安驥因連接大考得意，連昇五級，做了國子監祭酒。不久便收了一個狀元門生。老爺遊途中遇窮途客，扮作道士，原來卻是受過知遇的前任河台談爾音。

三十九回：老爺送了談爾音二百四十兩銀子，然後趕往茌平，爲鄧爺祝九十大壽，不料恰逢他老來得子，而且是雙胞胎。安爺爲他作「義士鄧翁傳」。

四十回：戴勤帶來安驥升官之訊：升二品，放了烏里雅蘇台的參贊大臣。安爺不但不喜，反渾身發抖。因爲他認爲那是一條險路。他決心趕回家去。褚一官、陸葆安願隨公子去邊地上任，老爺比較放心。玉鳳已有喜了，金鳳也有了，家人也都不喜新差事。母親又把長姐兒賜他做侍妾。不料陸軍機來函，告知安驥又升授內閣學士禮部尚書，山左督學使。一天愁雲化爲烏有。後來安驥在山東辦了些大案，政聲載道，位極人臣。

此書伴合俠義、愛情、宦情和家庭倫理，是一部綜合性小說，其特色有七：

一、作者爲正宗儒生，提倡忠孝節義、人倫綱紀、科舉事業。

二、以何玉鳳爲主角，倡導俠義人生。

三、對男女仍是傳統觀念，二妻一妾，但女子亦可出人頭地。

四、文字漂亮，是標準北京話。

五、前十回最精彩，後半或出色或冗贅。

六、時有伏筆，如雙鳳莊隱射二美，安學海的志願亦在後來發展中呈現。

七、人物個性鮮明。

是一部一流半的小說，雅俗共賞。

《儒林外史》的情節

一回：諸暨王冕，貧農出身，看牛讀書，愛畫荷花，成名後爲躲官府，搬到山東，隱居至死。

二回：周進本爲窮塾師，幸遇知音，曾在貢院門口昏倒。終於考中。

三回：他三年進士，升御史，點了廣東學道，范進五十未中，他三次讀卷，方識眞才。范進中舉後嚇得昏倒，醒來發失心瘋，丈人胡屠戶打了他一巴掌，方才清醒。母親反因乍來富貴驚死。

四回：范家喪事。一批地痞大鬧公堂，冤枉和尚與何美之妻有染，縣令直斷。嚴貢生賴人豬、錢。回子爲牛肉事行賄縣令，縣令聽張靜齋的話，枷死了一位老師父。

五回：湯知縣叫范進、張靜齋逃走，發落了回子。嚴貢生官司纏身，逃走了。其弟嚴監生代了後事，監生家夫人病重，扶正了趙氏。二舅出謀賺錢。

六回：監生臨終伸二指，蓋嫌二燈芯浪費。嚴貢生回家爭取老二繼嗣，侵吞二弟財產，趙氏哭訴，官府主持公道。

七回：嚴貢生到京告訴，周進不認冒牌親戚。范進受老師之託，任考官時悉心覓賢。王惠助荀員外家喪事。陳和甫扶乩得詩，預言王惠未來，後皆應驗。

八回：王惠升任南昌知府，接蘧太守任，蘧公寬宏，使王感激。蘧公孫諷其貪鄙。王惠降寧王，寧王敗，王惠逃走。得公孫救濟，出家爲僧。婁家二位公子登場。

九回：婁公子聽了鄒吉甫的話，出銀七百兩救助鄉下讀書人楊執中。執中是書呆子，未能及時道謝。公子反以爲他是高士。

十回：牛布衣、魯編修和婁家二公子結交。魯因公子之薦，看中蘧公孫，玉成了女兒和蘧的婚事，魯小姐乃博學才女。

十一回：魯小姐以八股試夫，頗爲失望。楊執中終於見到婁公子。三人相得，入府爲客。陳和甫爲蘧老爺治病。楊執中舉薦權勿用。

十二回：宦成奉婁公子命去蕭山訪權勿用，在船上聽到二人說蹧蹋勿用的話。公子與諸友在鶯逗湖上設會，品評諸唱者的高下。權勿用來湖州，又帶來一個自稱武藝十全的張鐵臂。張鐵臂用假人頭騙了婁公子五百兩銀子。

十三回：蘧公孫帶太太回嘉興奔喪。公孫拜見馬純上，純上回拜，魯小姐大喜。馬純上大說八股批文之道。公孫因將王惠所送枕箱送給丫頭，並說出原委，惹出一場官司來。

十四回：馬純上爲友止禍，把自己的財產悉數奉送給惡奴惡僕。蘧公孫謝純上。純上一人遊西湖。並遇一位三百歲的神仙。

十五回：洪憨仙利用馬二燒銀騙貴公子，不幸病故（只六十六歲），揭穿底牌，馬二爲之安葬。

十六回：遇寒士匡超人，助金返鄉。匡乃孝子，侍父、做小生意、讀書。親戚爭產，燒屋，只好租小屋暫住。夜讀聲感動了時知縣，助之入學中舉。

十七回：匡老爹死前訓子。知縣官壞了，匡超人急奔杭州潘老三。認識當地的一些詩人，自己也學會作詩。

十八回：胡三公子做東，招待諸詩人。衛、隨二先生談論選文之道，貶斥馬純上。

十九回：見到潘三，他是個訟棍惡霸，超人爲了錢財，助他爲非。後來潘三敗事，超人逃走。

二十回：超人妻病死，哭葬之。牛布衣病死，留下兩本詩稿。停柩於佛寺。一少年來寺讀書。

二十一回：小牛讀書做詩，後乃冒稱牛布衣。卜老爹助他娶妻生活，他生意做不好，牛老氣死了。卜老悉心照顧，不久自己也死了。

二十二回：牛浦因董瑛拜訪，做足派頭，叫二位妻舅作跟班，卜誠兄弟看他不事生產，趕了出去，暫住廟中。

董瑛補了知縣，牛浦欲往投奔，船上遇牛玉圃，認了祖孫。又引出扮秀才的王義安烏龜，被一群人打了一頓。

二十三回：牛浦無意間得罪了玉圃，被剝光衣服丟在荒江畔，遇救，投到董府，董瑛敬之，又託給下任向知縣。牛布衣原妻來找，見棺大哭，又聞「布衣」未死，到安東去了。

二十四回：向知縣接牛布衣妻訴狀，因偏袒牛浦，草草結案，牛浦得以保全，向因遭彈劾，按察司使聽了戲子鮑文卿的話，免了向罪，鮑到安東謁向，向贈以五百兩銀子，他不受，按察使死了，他返南京。他自己起了個戲班子。

二十五回：鮑請倪老爹修補樂器，倪爲老秀才，家貧，兒皆賣人，只剩六兒，鮑出二十兩，把他過繼給自己，十六歲鮑廷璽也入了行。他因緣際會娶了王家女孩，又得向知府照顧。

二十六回：鮑家媳死、文卿死，向太守封了千兩銀子，送他們一家回南京，沈大腳來作媒胡小姐，不料她卻是個潑辣貨。

二十七回：王太太（胡小姐）因婚前被媒人瞞騙，不知廷璽是個戲子，婚後察知，大怒，辱罵大腳，坐吃家產，老太太把廷璽夫婦趕了出去。逢長兄，本有厚望。

二十八回：長兄身亡，只好到揚州尋季葦蕭。辛東之說鹽商之可惡。廷璽得了葦蕭之託，到南京找季恬逸，又引出蕭金鉉等一起選文，暫住僧寺。

二十九回：龍老三是個流氓，他一出現，大家驚惶。金東崖斥退之。諸葛天申遇杜愼卿，數人同遊，珠輝玉映。

三十回：杜乃同性戀者，爲了嗣續，正要娶妾。葦蕭知其癖好，以肥胖來霞士爲餌，使他空歡喜一場。杜又舉辦莫愁湖大會，選出王留歌等人。

三十一回：引出杜少卿，眾人稱他是豪傑，但他揮金如土，家產將罄，仍自得其趣。廷璽眼見他救助諸人。

三十二回：杜少卿終於幫了廷璽一些銀子。管家婁太爺臨死叮嚀少卿，爲人要有分寸，少卿依然故我。

三十三回：杜少卿夫婦在南京租屋住，遊山玩水，悠然自得。下人王鬍子見不是事，拐了七十兩跑了，少卿付之一笑，遲衡山等議設泰伯祠大祭。

三十四回：眾人議論，對少卿評論有正有反。莊紹光是一代高賢，遇見善彈弓的蕭昊軒，並護衛他上路。莊已答應參加泰伯祠祭典。

三十五回：天子徵召紹光。陛見後因一蠍子，更增雅退之心，太保又讒言不宜高陞素人，皇上賜他返鄉，在玄武湖卜居。他救了盧信侯。

三十六回：虞、莊、少卿三人交遊。虞博士盛讚少卿之人品和才學，其弟子武書敬受教。

三十七回：泰伯祠大祭，虞育德、莊紹光等人皆參與，一時儒林盛舉，記錄祭禮儀式甚詳。武書向少卿推薦郭力孝子。

三十八回：郭力受了虞博士推薦信，赴西蜀尋找父親。尤縣令亦寫薦書。海月禪林老僧接待他。縣令又薦成都蕭昊軒。孝子至成都，訪得父已爲僧，入寺認父，父不認他，把他罵走，他在附近作工養父。海月禪林來一惡僧趙大，被趕走。老和尚去峨嵋山。遇匪。

三十九回：蕭雲仙救了和尚，他是昊軒之子。郭力父死，取骸骨歸葬，遇雲仙，勸他從軍立功。父命雲仙投奔平少保，戰場立功。雲仙收了木耐，大戰成功，太保留下他修城。

四十回：雲仙修城三四年，百姓感恩，立祠紀念他。又得補官。武書允爲他的事跡撰文。沈先生流落異地，將女兒嫁給揚州宋鹽商，不料卻是作妾。瓊枝逃出來，在南京利涉橋租屋賣文。

四十一回：莊濯江與少卿、紹光、武書話舊。少卿欣賞瓊枝。秦淮風光。瓊枝被捉赴江都，後二知縣開脫她，令父擇婿另嫁。

四十二回：妓院瑣事（可刪）。

四十三回：湯大、湯二未中舉，父來函召往前線效勞。湯鎮台征苗立功，反遭降級。

四十四回：湯返鄉，怒斥二子。遲衡山對余大痛斥風水迷信。

四十五回：余持被誤會爲兄長，代兄受過。余家兄弟不信勘輿，自行葬父，爲五河鄉人訕笑。

四十六回：余大先生怒斥諸人只講勢利，不顧倫常。

四十七回：虞華軒愛讀書，守家園，對五河惡俗甚爲不耐，出資重修玄武廟。華軒爲賣地事戲弄成老爹。

四十八回：徽州府迂生王玉輝女喪夫，王鼓勵她以死殉夫。玉輝來南京，歎風流雲散。

四十九回：高翰林十分勢利。遲衡山誨以「講學問的只講學問，不必問功名，講功名的只講功名，不必問學問。」

五十回：秦中書乃假官——官場現形記。鳳四仗義救人。

五十一回：婦人施仙人跳，鳳四仗義制服她，救了冤人。官府向鳳四用刑，折了刑具，只好放人。

五十二回：鳳四碎磚獻藝。胡八踢他自損腿足。鳳四對付詐騙惡徒毛二鬍子。

五十三回：陳木南與聘娘風流故事，一起下棋……打算去福州上任。

五十四回：陳木南花光了錢一走了之，聘娘被虔婆毆打。後出家爲尼。

五十五回：萬曆二十三年，南京名士風流雲散。又出了四個市井賢人；

季遐年：寺院安身，書法名家，不畏權貴。

王太：賣火紙筒，善下圍棋，瀟灑不羈。

蓋寬：開茶館，善畫。「世情看冷暖，人面逐高低」。

荊元：裁縫，彈琴、寫字、作詩，不與富貴人交。

于老爹：率五子灌園，與荊元爲知己。

全書除刻畫各種類型的儒生外，兼及官吏、軍人、俠客、鄉紳、和尚、道士、戲子、隱士、商人、婦女、娼妓、流氓等，可說無所不包，乃是明代中後期社會的一個巨大橫切面。

《鏡花緣》的主題與涵義

一、緒論

《鏡花緣》是清代中葉小說名著之一，敘人情、描社會、諷人性、倡女權，可謂在言情、俠義小說之林中獨樹一幟。

《鏡花緣》的作者是李汝珍，生於西元一七六三年，卒於一八二八年，字松石，號老松、青蓮、北平子、松石道人，直隸（今屬北京市）人，秀才。從小聰明過人，不喜歡寫作八股文。乾隆四十七年（一七八二年）隨兄李汝璜到海州板鹽課司大使任所，後來師事凌廷堪。論文之暇，兼及音韵文字。他生平交遊的朋友，也頗多研治聲韵之士。嘉慶六年（一八〇一年），至河南省某縣擔任治水縣丞，九年（一九〇四年）歸鄉，次年再到河南省任官。汝珍善詩文，多才多藝，於星卜象緯書法棋道無不精通，尤長於聲韵之學，在《鏡花緣》中也迭有表現。著有《李氏音鑒》六卷，又有棋道著作《受子譜選》二卷。

魯迅曾批評李汝珍道：

> 蓋精通音韻之學，而仍敢於變古，乃能居學者之列，博識多通而仍敢於爲小說也。嫻於小說又復論學說藝，數典讀經，連篇累牘而不能自已，則博識多通之害也。

又說：

> 其於社會制度，亦有不平，每設事端，以寓理想。惜爲時勢所限，仍多拘迂。〔註 1〕

〔註 1〕 以上俱見魯迅《中國小說史略》（上海古籍出版社，2001 年），頁 164，165。

其實李汝珍身處十八、九世紀之交，自有其時代的限制，但在《鏡花緣》中，仍有不少開明、超時代的思想，如重視女性、尊重人權等。

《鏡花緣》共一〇〇回，大致分爲前後兩部：前半寫武則天的威風和擅權，甚至要管轄大自然——百花百草百獸，後半寫多九公、唐敖、林之洋等的遊記——把《山海經》等古籍裡記載的國度一一活化成眞，並寄寓他個人的思想和批判，還有若干才女穿插其中。

本文以析論《鏡花緣》的主題和涵義爲主，各依文本舉證分析。

二、女帝與才女——男女平等，張揚女權

在《鏡花緣》中，除了把武則天塑造成一個超級女主角外，更把她的左右手上官婉兒捧出來，還加塑了唐閨臣等才女來陪襯她、增益她。王韜說得好：

> 唐武曌以一女子而奔走天下士，其才固亙古今而無對，宜其入之於《無聲譜》中。意其時必有閨闈之英，爲之黼黻隆平、贊襄政事者，當不止上官婉兒一人，乃並無聞焉。唐閨臣諸女應運而生，雖出作者意想所及，憑空幻造，然揆之於理，亦有可通。天之生人，陰陽對待，男女並重，巾幗之勝於鬚眉者豈少也哉？特世無才女一科，故皆湮沒而無聞耳。〔註2〕

正因如此，書中終於替天行道，由女皇帝武則天開才女科，網羅天下才女於一堂，蔚爲盛事（見本書第六十三回）。武則天在中國歷史上是一個很特殊的人物，歷來褒貶不一，但作者李汝珍借她以張揚女權，著實是別具眼光，匠心獨運。

她無限度擴張自己的權力，乃至於索性命令天下百花一夕齊放：

> 武后又命司花太監將上林苑群花圃所開各花，細細查點，共計若干種，開單呈覽。其中如有外域及各處所貢者，亦皆一一載明。〔註3〕

又處罰花中之王牡丹：

> 牡丹乃花中之王，理應遵旨先放；今開在群花之後，明係玩誤。本應盡絕其種，姑念素列藥品，尚屬有用之材，著貶去洛陽。〔註4〕

〔註2〕王序，見《鏡花緣》（正中書局，1977年）卷首。

〔註3〕同上，頁十七。

〔註4〕同上。

因此洛陽後世成爲牡丹之鄉。因爲武后的大動乾坤，聯帶牽連到天上的百花仙子、水仙、蠟梅、楊花等眾多仙姑，一一貶降紅塵，可參看本書第六回：「百花獲譴謫紅塵」〔註5〕。

至於書中的才女，可取唐小山爲代表。她是男主角唐敖秀才的女兒。唐敖雖頗有功名心，但秉性好遊，每每一年有半年出遊在外，因此「屢次赴試，仍是一領青衫。」但他和繼室林氏，卻生下一個寶貝女兒：

將產時，異香滿室，既非冰麝，又非旃檀，似花香而非花香，三日之中，時刻變換，竟有百種香氣，鄰舍莫不傳以爲奇，因此都將此地喚作「百香衢」。未生之先，林氏夢登五彩峭壁，醒來即生此女，所以取名小山。隔了兩年，又生一子，就從姊姊小山之意，取名小峰。小山生成美貌端莊，天資聰俊。到了四五歲，就喜讀書，凡有書籍，一經過目，即能不忘。且喜家中書籍最富，又得父親、叔叔指點，不上幾年，文義早已精通。兼之膽量極大，識見過人，不但喜文，並且好武，時常舞槍耍棒，父母也禁他不住。〔註6〕

試看小山這個女孩，有十一個特徵：

（一）將產時異香滿室，而且香味日夕變化。

（二）母親林氏未生她之先，夢登五彩峭壁。

（三）容貌美麗。

（四）儀態端莊。

（五）天資聰穎。

（六）喜歡讀書。

（七）過目不忘。

（八）精通文義。

（九）膽量極大。

（十）識見過人。

（十一）兼好武藝。

這樣一個近乎完美的女孩，（明眼人一看即知她是花仙下凡）在古今小說中都是罕見其匹的，可惜在後續的記述中，作者並沒有對她作長足的刻畫和塑造。

在這一主題上，除高倡女權之外，也暗寓「人定勝天」的主旨。

〔註5〕同上，頁十九～二五。

〔註6〕同上，頁二五。

三、君子之風——德行與謙讓

在《鏡花緣》中，有許多奇奇怪怪的國家，不但可以比美英國小說家史威夫特的《格列佛遊記》，而且其數量更遠超出後者。它們大多源出自《山海經》，但已經過作者李汝珍匠心獨運，予以改寫或渲染。其中最受人矚目的應推「君子國」。

在第十回末尾，作者這樣平實的介紹君子國「出場」：

> 唐敖因素聞君子國好讓不爭，想來必是禮樂之邦，所以約了多九公上岸，要去瞻仰。〔註7〕

大家要知道：唐敖在《鏡花緣》裡，是第一男主角，他的地位，有點近似《三國演義》裡的諸葛亮、《水滸傳》裡的宋江、《西遊記》裡的孫悟空、《紅樓夢》裡的賈寶玉，乃至《儒林外史》中的杜少卿，他的一舉一動，一言一語，可說是直接代表作者李汝珍的，而這部奇緣迭出的準遊記，也是以他爲主導的，所以讀者在經歷了武則天式的神話世界之後，必須追隨這位比較富於現實性的正人君子——他自己就始終是一位儒家式的君子。

接著到了第十一回，題目已標明「觀雅化閒遊君子邦」。但是除了「衣冠言談，都與中原一樣。」之外，唐敖卻一連碰了好幾個釘子：那就是：「向一位老翁問其何以好讓不爭之故，誰知老翁聽了，一毫不懂。」「又問國何以『君子』爲名，是何緣故，老翁也回不知。」一連幾個都是如此。多九公年長而富有常識，插嘴道：

> 據老夫看來，他這國名以及「好讓不爭」四字，大約都是鄰邦替他取的，所以他們都回不知。剛才我們一路看來，那些耕者讓畔、行者讓路光景，已是不爭之意。而且士庶人等，無論富貴貧賤，舉止言談，莫不恭而有禮，也不愧「君子」二字。〔註8〕

這些畢竟只是泛泛之說，出於一般性的觀察；對於讀者來說，也無所謂驚訝或出乎意料之外。

可是接下的一段便精彩得出人意表了：

> 來到鬧市。只見有一隸卒在那裡買物，手中拿著貨物道：「老兄如此高貨，卻討恁般賤價，教小弟買去，如何能安心！務求將價加增，

〔註 7〕 同上，頁四六。
〔註 8〕 同上。

方好遵教。若再過謙，那是有意不肯賞光交易了。」〔註 9〕

這一小段裡的對話固然聳人聽聞，令吾人不禁重新定義「君子」一詞及所謂君子之風，更値得注意的是：那施行或實踐君子之風的主角乃是「一隸卒」，身分低，未必受過很多的教育，而不是官員、貴族或士大夫。隸卒尚且如此，河況他人乎！

接下去唐敖對九公說：「…今賣者雖討過價，那買者並不還價，卻要添價，此等言談，倒也罕聞。據此看來，那『好讓不爭』四字，竟有幾分意思了。」「有幾分意思」，說得多麼溫婉！

接著又聽賣貨人說：

既承照顧，敢不仰體！但適才妄討大價，已覺厚顏；不意老兄反說貨高價賤，豈不更教小弟慚愧？況敝貨並非「言無二價」，其中頗有虛頭。俗云：「漫天要價，就地還錢」。今老兄不但不減，反要加增，如此克己，只好請到別家交易，小弟實難遵命。〔註 10〕

更是一段曠古奇文。賣家不但不肯增價，反自謙是「漫天要價」，而對方過於客氣，只好婉拒這樁生意，妙哉，妙哉！

更妙的是，那位頗有古風的隸卒繼續和賣主「講理」：

老兄以高貨討賤價，反說小弟克己，豈不失了忠恕之道？凡事總要彼此無欺，方爲公允。試問那個腹中無算盤，小弟又安能受人之愚哩？〔註 11〕

這段話裡的「忠恕之道」、「彼此無欺」、「受人之愚」，似乎都說得頭頭是道，但是偏就和我們平日的用法、平日的思考邏輯背道而馳，對此讀者不得不重新檢討自己的言行，自己的行爲標準，自己待人接物的規範。這不正是第一流小說的積極效用？

之後又「談之許久，賣貨人執意不增。隸卒賭氣，照數付價，拿了一半貨物，剛要舉步，賣貨人那裡肯依，只說價多貨少，攔住不放。」（同上）

情節發展到這裡，眞已臻「過猶不及」的地步了。莫非世情澆薄，必須用此「矯枉過正」的方法才能療治？幸而路過的兩位老翁說好說歹，讓隸卒拿了八折的貨物，交易才勉強完成。但「八折貨物」，也是曠古奇談！

〔註 9〕 同上。
〔註 10〕 同上，頁四六～四七。
〔註 11〕 同上，頁四七。

另一樁「糾紛」又緊接著上演：一位小軍人又責怪賣者說「剛才請教貴價若干，老兄執意吝教，命我酌量付給。及至遵命付價，老兄又怪過多。其實小弟所付業已刻（按應作「剋」）減。若說過多，不獨太偏，竟是違心之論了。」（同上）不但與前案周調，而且因爲對方在價格上過分客氣，竟說對方所說是「違心之論」。

不料賣貨人又大發妙論：

> 小弟不敢言價，聽兄自討者，因敝貨既欠新鮮，而且平常，不如別家之美。若論價值，只照老兄所付減半，已屬過分，何敢謬領大價？〔註12〕

不但自己要求減削貨價，而且自謙貨物既不新鮮，又屬平常貨色，於是爭論不休。

此外值得注意的是：他們言談中所用的詞彙，也都是尊人卑己的語言，如「貴價」、「大價」等等。

小軍繼續爭論：「小弟於買賣雖係外行，至貨之好醜，安有不知，以醜爲好，亦愚不至此。第以高貨只取半價，不但欺人過甚，亦非公平交易之道了。」（同上）原來君子國的邏輯是：付高價乃公平交易，索低價乃「欺人太甚」。

這一大節關於君子國的記敘，自然是失之過甚，但它具有兩個效用：一、令讀者覺得有趣，誠如唐敖所說：「倒也有趣。」（同上）二、讓讀者重新反省，並感覺慚愧。當然，也會有少數讀者會認爲君子國人太迂腐，太不可理喻。

將心比心，無私無欲，誠正以待人，公平以處世，這些美德，盡涵其中了。

四、兩面人生——對人性的嚴厲批判

《鏡花緣》第二十五回中，唐敖、多九公、林之洋一行（照我判斷，這三位男士的血型，按其個性來分：唐敖應是O型，正直平穩，多九公應是A型，比較內向收斂，林之洋應是B型，典型商人，有時有些浮躁。）來到「兩面國」，所謂「兩面國」，亦即此處的人每人都有兩張臉，一張在正面，一張在反面，不但位置不同，臉相及臉色也迴然不同：一善一惡，一美一醜，一悅一怒。

〔註12〕同上，頁四七。

首先遇到的是一般模式的勢利眼：林之洋說：

> 俺今日匆忙上來，未曾換衣，身穿這件布衫，又舊又破。剛才三人同行，還不理會。如今九公回去，俺同妹夫一路行走，他是儒巾綢衫，俺是舊帽破衣，倒像一窮一富。若教勢利人看見，還肯睬俺麼？〔註 13〕

他們進一步試驗兩面國人，發覺那裡的人基本上是對人和顏悅色的，往往把自己的另一張臉隱藏起來：

> 他們個個頭戴浩然巾，都把腦後遮住，只露一張正面，卻把那面藏了，因此並未看見兩面。小弟上去問問風俗，彼此一經交談，他們那種和顏悅色、滿面謙恭光景，令人不覺可愛可親，與別處迥不相同。〔註 14〕

但是好景不常，林之洋卻遭遇到很不同的待遇：

> 他同妹夫（唐敖）說笑，俺也隨口問他兩句。他掉轉頭來，把俺上下一望，陡然變了樣子：臉上冷冷的，笑容也收了，謙恭也免了。停了半晌，他才答俺半句。〔註 15〕

這是第二步驟，接下來還有第三步驟，那些「兩面國」人又發出變化了：

> 俺因他們個個把俺冷淡，後來走開，俺同妹夫商量，俺們彼此換了衣服，看他可還冷淡。登時俺就穿起綢衫，妹夫穿了布衫，又去找他閒話。那知他們忽又同俺謙恭，卻把妹夫冷淡起來。〔註 16〕

冷冷熱熱，變來變去，無非看人衣冠，看人表面，世態炎涼，盡皆呈現。

不止如此，所謂「浩然巾」，原是取義於孟子「吾善養吾浩然之氣」，乃指天地間一股正氣，焉知浩然巾下，「眞相」著實可怕，與浩然之氣背道而馳，乃是強烈的反諷。唐敖接下去說道：

> 小弟暗暗走到此人身後，悄悄把他浩然巾揭起。不意裡面藏著一張惡臉，鼠眼鷹鼻，滿面橫肉。他見了小弟，把掃帚眉一皺，血盆口一張，伸出一條長舌，噴出一股毒氣，霎時陰風慘慘，黑霧漫漫。〔註 17〕

〔註 13〕 同上，頁一二八～一二九。
〔註 14〕 同上，頁一二九。
〔註 15〕 同上。
〔註 16〕 同上。
〔註 17〕 同上，頁一二九～一三〇。

不但嚇得唐敖大叫一聲：「嚇殺我了！」林之洋更嚇得腿都軟了，忽然撲地跪下，望著那人磕了幾個頭，然後逃走。多九公有些不了解，問林之洋為何如此。林之洋道：

> 俺同這人正在說笑，妹夫猛然揭起浩然巾，識破他的行藏，登時他就露出本相，把好好一張臉變成青面獠牙，伸出一條長舌，猶如一把鋼刀，忽隱忽現。俺怕他暗處殺人，心中一嚇，不因不由腿就軟了……〔註 18〕

這第四步驟格外令讀者驚駭。原來兩面國人不但擁有正反兩面的兩張臉，而且正面那張臉也是說變就變，青面獠牙，勢欲噬人。

試想世間多少「口蜜腹劍」、「翻雲覆雨」之人！他們也和兩面國的人一樣，因為對方的貧富貴賤，或對自己是否有利、是否友善，而隨時變換自己的心腸和顏面，令人防不勝防。若由此一角度著眼，我們儘可以說：李汝珍不但是古代民間風情的描繪者，更是世間人性的銳利諷刺家！

五、男女錯位——對性別問題的另一類審視

《鏡花緣》三十二回後半，唐敖一行人乘船來到女兒國。多九公博學多聞（他的名字就明白顯示他的博學：「九」者亦多也。），歷述女兒國典故：

> …其所異於人的，男子反穿衣裙，作為婦人，以治內事；女子反穿靴帽，作為男人，以治外事。男女雖亦配偶，內外之分，卻與別處不同。〔註 19〕

以男為女，以女為男，在那個封建社會裡，正顯示女人翻身、女權高張的訊息。

林之洋不知道從那兒聽來的消息，也及時加以補充：

> 聞得他們最喜纏足，無論大家小户，都以小腳為貴；若講脂粉，更是不能缺的。幸虧俺生天朝，若生這裡，也教俺裹腳，那才坑死人哩！〔註 20〕

這裡有了一個很大的突破。男女易位，本已讓人感到突兀、驚訝；此處又強調「女兒國」的人（應該是那些實為女人的「男人」）特別喜歡「女人」裹腳；

〔註 18〕同上，頁一三〇。
〔註 19〕同上，頁一六九。
〔註 20〕同上。

作者借林之洋之口，說明了裹腳（纏足）陋習之可怕，之不人道。原來李汝珍在此不是要顛倒陰陽，攪亂乾坤，他的本意是藉由這個「若有所本，其實杜撰」的故事，透露他胸中的想法——這種想法是十分開明而超越時代的：

（一）男女平等，

（二）纏足痛苦，倡者不仁。

唐、林一行人在市街上看到不少奇景：原以爲是一位中年老嫗，走近一看：

> 一頭青絲黑髮，油搽的雪亮，眞可滑倒蒼蠅，頭上梳一盤龍鬏兒，鬢旁許多珠翠，眞是耀花人眼睛；耳墜八寶金環；身穿玫瑰紫的長衫，下穿蔥綠裙兒；裙下露著小小金蓮。穿一雙大紅繡鞋，剛剛只得三寸；伸著一雙玉手，十指尖尖，在那裡繡花；一雙盈盈秀目，兩道高高蛾眉，面上許多脂粉；再朝嘴上一看，原來一部鬍鬚，是個絡腮鬍子！〔註21〕

正在莫辨雌雄之際，卻聞她望著唐敖喊道：「你這婦人敢是笑我麼？」那聲音「老聲老氣，倒像破鑼一般。」然後又斥責他們「明明是婦人」（因面上有鬚），卻「穿衣戴帽，混充男人。」雄雌倒錯，莫此爲甚，又說「你若遇見別人，把你當作男人偷看婦女，只怕打個半死哩！」（同上）令人啼笑皆非。

李汝珍花了那麼多筆墨（共一三〇字）描寫那位「中年老嫗」的模樣，在整部《鏡花緣》中也是罕覯的。爲何如此？無非藉此增添諧謔的效果，並彰顯世間男女關係之不合理性。有心的讀者，應自此中憬悟：不論男人對女人、女人對男人，都應該重新反省，重新檢討。二十一世紀的文明人，對此尤應多所警覺。

六、斯文掃地－對學術和教育的批評

李汝珍自己是一個好學博聞的學者，因此對於當時社會上一般一知半解、拾掇皮毛甚至指鹿爲馬的人，深爲不齒。他在《鏡花緣》二十二回中創造了一個「白文國」，大大諷刺了那些白字專家。

首先他們參觀該國的一個學堂。那老師十分神氣：

> 你們既不曉得文理，又不會作詩，無甚可談，立在這裡，只覺俗不可耐。莫若請出，且到廳外，等我把學生功課完了，再來看貨。況

〔註21〕同上，頁一七〇。

> 且我們談文，你們也不懂。若久站在此，惟恐你們這股俗氣四處傳染，我雖上智不移，但館中諸生俱在年幼，一經染了，就要費我許多陶鎔，方能脫俗哩。〔註22〕

他自稱「上智不移」，又一再鄙視唐、林諸人，以為來此行商之異國俗人，俗氣熏天，不宜接近。弄得三人只好諾諾連聲，慢慢退出，眞是吃了個大癟。

李汝珍用這樣的場面來展開他對白文國人的強烈揶揄——試看他們白文國師生讀些什麼書籍文章：

> 忽聽先生在內教學生唸書。細細聽時，只得兩句，共八個字：上句三字，下句五字。學生跟著讀道：「切吾切，以反人之切。」唐敖忖道：「難道他們講究反切麼？」林之洋道：「你們聽聽：只怕又是『問道於盲』來了。」多九公聽了，不覺毛骨竦然，連連搖手。那先生教了數遍，命學生退去，又教一個學生唸書，也是兩句：上句三字，下句四字。只聽師徒高聲讀道：「永之興，柳興之興。」……三人聽了，一毫不懂。……先生把書用硃筆點了，也教了兩遍，每句四字。只聽學生念道：「羊者，良也；交者，孝也；予者，身也。」〔註23〕

這樣三小段千古妙文，把三個客人弄得七上八下，唐敖輕聲說「今日千好萬好，幸未同他談文！剛才細聽他們所讀之書，不但從未見過，並且語句都是古奧。內中若無深義，為何偌大後生，每人只讀數句？」還自稱天資魯鈍，不能領略。

折騰了半天，唐敖乘林之洋跟那些白文主人做生意的空隙，暗暗踱進書館，把眾人之書，細看一遍。這下子才叫「拍案驚奇」哩！

原來那三段「妙文」，居然是很普通的三段古文詞：

（一）「幼吾幼以及人之幼。」語出《孟子》。那些白文國師生在八字裡讀別了四字。

（二）「求之與？抑與之與？」亦出《孟子》。七字裡唸錯了五字，總算「之」字是認識的。

（三）「庠者，養也；校者，教也；序者，射也。」也是《孟子》裡說學校的話頭。那位上智老師都唸了半邊字，好在「者」、「也」是認得的。

此外，那塾師用「四雙人丁」為「八口之家」破題，被林之洋稱讚不已。

〔註22〕同上，頁一一一。
〔註23〕同上。頁一一一～一一二。

「扣的緊緊」。亦可作爲笑談。

接下去唐敖請教「神農時曾進藥獸」，九公說此獸銜草搗藥治病靈驗。九公又向林之洋謔言：「你雖無病，喫了他的藥，自然要生出病來。」不但整節諷刺庸儒俗師，更把庸醫或江湖郎中也挖苦了一番。

另外，淑士國也文風甚盛，三人在酒店中遇到一位好掉文的酒保，酸味十足，逗引兩段對話：

> 吾兄既已飲矣，豈可言乎，你若言者，累及我也。我甚怕哉，故爾懇焉。兄耶，兄耶！切莫語之！酒價賤之，醋價貴之。因何賤之？爲甚貴之？眞所分之，在其味之。酒味淡之，故而賤之；醋味厚之，所以貴之。人皆買之，誰不知之。他今錯之，必無心之。先生得之，樂何如之！第既飲之，不該言之。不獨言之，而謂誤之。他若聞之，豈無語之？……〔註24〕

那酒保滿口之乎者也，而且酷喜運用四字句，讀來令人噴飯。尤其後段一連用了幾十個「之」字，似通非通，他卻理直氣壯，語歪增趣，然則這也可以附驥在白文國人之後了。「淑士」之「淑」與「士」，一齊被李汝珍調侃得不亦樂乎。

結語

《鏡花緣》一百回中，半現實半虛幻，令人眞眞假假，眼花撩亂，趣味十足，卻在在暗含正面的道理，或反面側面的諷諭，在在展現作者的超時代智慧。本文只是拈舉其比較重要的旨意及情節，讀者嘗鼎一臠後，宜進而一睹全豹。

《鏡花緣》的缺點大致有三：

一、兩個重大情節群——武則天催開百花及唐敖三人漫遊各國的撮合，不免有些勉強。

二、人物刻劃方面，個性不夠鮮明深微。

三、描寫方面，略欠細膩婉妙之筆。

〔註24〕同上，俱見頁一二〇。

《老殘遊記》的情節

第一回：老殘因無業窮困，學爲醫者，爲黃瑞和大戶醫奇疾奏效。夢見與二友以望遠鏡看一大船，此船將沉，船上人形形色色，或罵人，或斂財，象徵國之將亡。

第二回：老殘受酬後遊歷濟南，風景美不勝收。到歷下亭、鐵公祠、千佛山、鵲華橋。巧逢說書場，聽黑妞、白妞的說書，一個比一個美妙，「大珠小珠落玉盤」，歎爲觀止。這是一節抒寫音樂的妙文。

第三回：老殘賞玩趵突泉、金線泉、黑虎泉。之後到高府爲婦人治喉疾，在席間聽人說起玉佐臣的能幹和虐政。高紹殷把老殘介紹給宮保（巡撫），二人談治水之術，宮保十分欽佩，老殘說先要到曹州走一趟。

第四回：老殘到了曹州，訪察玉賢（佐臣）政情，方知此人手段酷辣，反倒成了盜匪的工具，常冤及好人。

第五回：細寫于學禮一家的冤案。吳氏節烈殉難。

第六回：掌櫃的妹夫因爲嘴快，得罪捕快，被設局陷害，送了性命，玉賢實主之。申東造推許老殘。老殘說：「官愈大，害愈甚。」玉賢急於做官，乃做出傷天害理的事。

第七回：老殘與申東造商量組織緝盜小隊，並推薦劉仁甫爲首。又訪柳小惠家看書。東造薦弟子平向桃花山尋訪劉仁甫。

第八回：申子平山中遇虎，有驚無險，嚇出一身冷汗。正在疲苦之際，看見如市集的人家，遇見佳人璵姑，告知子平劉先生已搬到柏樹峪去了。

第九回：璵姑論學，頭頭是道，斥責韓愈、朱熹不明正道，認爲各種學術（儒釋道）殊途而同歸。子平佩服不已。她又細說情與禮之分際，力斥宋儒之迂。

第十回：黃龍子鼓瑟，璵姑彈琴。又欣賞夜明珠、箜篌。桑家扈姑來訪，亦是美女，彈奏角，璵姑以七鈴配合之。黃龍子說劉仁甫是好人，病在過眞，處城市恐不能久。

第十一回：璵姑說月亮即明即暗之理。黃龍子預說「北拳（義和團）南革（革命黨）」之事，以爲可開新局面，甚至進入大同之世。又說上帝之上還有一神，曰「勢力尊者」，猶如「無極」，上帝和阿修羅合成「太極」（後半爲璵姑之詮釋）。黃龍子最後卻說北拳南革都是災禍。

第十二回：子平在關帝廟見到劉仁甫，劉力辭不獲，乃一起回到城武。東造以上賓侍之，一月後「犬不夜吠」。老殘由東昌府回省城，途遇黃河結冰，行人止步，旅店爆滿。老殘再逢同知黃人瑞，此人不俗，但抽大煙，邀妓翠環、翠花。

第十三回：翠環說嫖客們的醜態，又說她們的身世。

第十四回：大水、小埝、水災造成許多災民災戶。治水無能，廉吏爲禍。二老決心贖出翠環。

第十五回：說賈家冤案。老殘決心寫信給宮保，以便昭雪。一場大火燒掉翠環的行李、老殘的串鈴。象徵人之新生。

第十六回：剛弼以清官自命，因收到賄款而足成冤獄。（六千金買得凌遲罪）。老殘來堂上申冤。

第十七回：一封宮保的書信爲賈魏氏開脫，老殘也當庭斥訓了剛弼一頓。老殘爲救人迫不得已答應收翠環爲妾。

第十八回：白太尊澄清冤案，並訓示剛弼。白公譽老殘爲福爾摩斯。

第十九回：老殘重操舊業，下鄉查案，核實所有人證物證，許亮等助之，宮保終於點頭。

第二十回：青龍子授老殘「返魂香」，使吃了「千日醉」的十三個死者醒來。王子謹同時玉成了黃人瑞和翠花。最後老殘攜環翠（已改名）與她兄弟還有德慧生夫婦同遊江南去了。

全書既述老殘遊程，又寫兩名酷吏，兼述他對妓女、災民的關懷，中間還有哲人型一男一女縱橫天下。治水、治盜兼顧。本書是遊記，是探案，也是一部別開生面的野史。

《中國歷代極短篇一百則》提要

馬家駒編（台灣商務印書館出版）

一、孔門弟子

子路、曾皙、冉有、公西華各述己志。子路：治國重兵。冉有：治國重禮樂。公西華：重宗廟之事。曾皙：浴乎沂，風乎舞雩。子曰：吾與點也。（論語）

二、不知天寒

齊景公在雪中被狐白之裘，不知天寒，晏嬰曰：「古之君飽而知人之飢，溫而知人之寒，逸而知人之勞，今君不知也。」（晏子春秋）

三、齊人有一妻一妾者

齊人有一妻一妾者，日出飲食而歸，問其所與飲食者，皆富貴。妻私下窺之，則知良人向墦間祭者乞其餘，妻歸告妾，二人訕其良人，相泣於中庭，良人歸，猶驕其妻妾。（孟子）

四、不龜手之藥

惠子曰：魏王貽我大瓠之種，我栽之成實，五石，我以其無用，故掊之。子曰：有爲不龜手之藥者，世世以洴澼爲事，有客鬻之以百金，以說吳王，吳王使之將，吳人以此水戰敗越，裂地而封之。（莊子）

五、開七竅

南海之帝爲儵，北海之帝爲忽，中央之帝爲渾沌，二人爲報渾沌之德，嘗試鑿之。日鑿一竅，七日而渾沌死。（莊子）

六、庖丁解牛

庖丁為文惠君解牛，砉然而解。文惠君曰：善哉！庖丁對曰：臣之所好者道也，進乎技矣。良庖歲更刀，割也；族庖月更刀，折也。臣之刀十九年而猶新，遊刃有餘也。（莊子）

七、小兒辯曰

孔子東游，見二小兒辯鬥。一兒曰：日初出遠，日中時近。一兒曰：日初出大如車蓋，日中如盤盂，此不為遠者小而近者大乎？一兒曰，日初出滄滄涼涼，日中如探湯，此不為近者熱而遠者涼乎？孔子不能決。（列子）

八、魏王索鄭

魏王謂鄭王：始鄭、梁一國，已而別，今願復鄭而合之梁。鄭王子謂鄭王，可告魏王：願以梁而合之鄭。魏王乃止。（韓非子）

九、不死之藥

有獻不死之藥於荊王者，中射之士食之，王怒，使人殺之，士曰：若王殺我，此死藥也。王乃不殺。（韓非子）

十、知人不易

孔子窮乎陳蔡之間，顏回索米炊之，孔子望見回搜其甑中而食之，食熟，謁而進食，孔子諷之，回告以向者煤入甑中，棄食不祥，回攫而飯之。孔子曰：知人固不易也。（呂氏春秋）

十一、簫史

簫史善吹簫，秦穆公女弄玉好之，乃以女妻焉。居數年，吹似鳳聲。鳳凰來止其屋，公為作鳳台，夫婦居其上。不下數年，隨鳳凰飛去。（列仙傳）

十二、桀紂並世

趙子飲酒五日夜，優莫告以紂飲七日夜而亡。「吾亡乎？」「桀紂之亡，遇湯武也，今天下盡桀也，君不死。」（新序）

十三、宗定伯賣鬼

宗定伯夜行逢鬼，以新鬼詐之，至宛市，鬼著地，化為一羊，便賣之，

得錢千五百。(列異傳)

十四、李冰

李冰作都江堰，神須取二女爲婦，冰自以女與神爲婚，至祠勸神酒，酒杯淡淡，因厲聲責之，忽不見。旋有二牛相鬥，主簿刺北牛，江神遂死。(風俗通)

十五、趙伯公醉臥

趙伯公醉臥，孫兒以李子七八枚納臍中，數日後李爛汁出，伯公以爲腸爛將死，明日李核出，乃知孫兒所爲也。(笑林)

十六、天河浮槎

年年八月有浮槎來，人好奇，立飛閣於槎上，乘之去。十餘日觀星月日辰，以後茫茫忽忽，又見城郭屋舍，中多織婦，一丈夫牽牛飲渚。人告以返去問嚴君平。君平曰：某年月日有客犯牽牛星。(博物志)

十七、馬太守

馬太守有親故人投之求恤，令此人出外住，詐云：是神人，治病無不立愈，……能令盲者明，躄者即行。四方雲集，錢帛山積。又敕來者，雖不愈，當告人已愈，否則終不愈。於是人人告人以已愈。旬日之間，乃致巨富。(抱朴子)

十八、漢高祖建新豐

漢高太上皇居長安深宮，不樂，高祖問之，蓋生平所好，皆屠販少年，沽酒賣餅、鬥雞蹴踘。乃作新豐，並移舊社，人物亦如其故。匠人胡寬所營也。(西京雜記)

十九、鷫鸘裘

司馬相如、卓文君以鷫鸘裘就市人陽昌貰酒爲歡。相與謀，在成都賣酒。王孫以爲病，乃厚給文君。文君姣好，十七而寡，爲人風流，悅相如之才而越禮焉。相如以消渴疾卒。(西京雜記)。

二十、王嬙

漢元帝後宮多，使畫工圖形，畫工多受賄，王嬙獨不肯，遂不得見，匈奴求美人爲閼氏，乃以王嬙行，召見，方知乃後宮第一，不願爽約，不復更人，窮究其事，畫工皆棄市。（西京雜記）

二十一、河間男女

河間郡有男女私悅成婚，尋男從軍，久不歸，父母逼女改嫁，不得已而去，尋病死，男戍還，至冢哀哭，發冢女復活，負還家。後夫爭之，不與，曰：此天賜我。王導曰：感於天地，故死而復活，此非常事，請還前夫。（搜神記）

二十二、干將莫邪

干將爲楚王鑄劍，三年乃成，留一劍，楚王殺之。子赤，聽母言，在松石之背得劍，入山逢客，獻劍及己首，客見楚王，煑赤首，請王觀之，砍王首，加己首，三首俱爛，合葬。（搜神記）

二十三、五柳先生傳

先生不知何許人，宅邊有五柳，因以爲名。不慕榮利，好讀書，不求甚解，每有會意，便欣然忘食，簞瓢屢空，晏如也。（陶淵明集）

二十四、楊生狗

楊生有狗，生臥草地，失火，狗以身濡濕生四週，救活一命。一日墮井，狗求救，客求以狗酬，曲允之，生出，以狗贈客，不久復歸。（搜神後記）

二十五、小時了了

孔融十歲，詣洛，到李膺府，自稱爲李府君親，問之何故，曰李耳爲孔子師。陳韙後至，人告之，他說：「小時了了，大未必佳。」融曰：「想君小時，必當了了。」（世說新語）

二十六、坦腹東床

郗太傅派門生往王丞相府求壻，見王家諸郎皆佳，見使來，皆自矜持，唯王羲之坦腹東床，如不聞，郗鑒以女嫁之。

二十七、周處自新

周處少時兇強俠氣，鄉人患之。山中有虎、水中大鮫，皆大患。或說處殺虎斬鮫，冀三患唯餘其一。處刺虎擊鮫，又自新爲人，終爲忠臣孝子。（世說新語）

二十八、雪夜訪戴

王子猷居山陰，夜大雪，命舟訪戴安道於剡，經宿方至，造門不入而返，曰：吾本乘興而行，興盡而返。（世說新語）

二十九、未能忘情

張玄之、顧敷，爲顧和孫子、外孫，張九歲、顧七歲，同入寺中，有涅槃像，弟子有泣者，有不泣者，和以問二孫，玄曰：親者泣，不親者不泣。敷曰：忘情故不泣，不能忘情故泣。（世說新語）

三十、荀巨伯

荀巨伯遠看友人疾，一郡皆空，巨伯獨留，賊問：汝何人，獨敢留？曰：友人有疾，不忍委之，寧以我身代友人命。賊曰：我輩無義之人，而入有義之國！遂班師回，一郡並獲全。（世說新語）

三十一、劉伶戒酒

劉伶嗜酒成癖，婦毀酒器，勸其戒酒，伶曰：當祝鬼神，自言斷之，請備酒肉。誓曰：「天生劉伶，以酒爲名，婦人之言，愼不可聽！」引肉飲酒，隤然已醉。（世說新語）

三十二、溫嶠喪婦

從姑劉氏有一女，屬公覓婚。數日後，報姑曰：「已覓得。門地粗可，婿身名宦，實不減嶠。」姑大喜，既婚交禮，女以手披紗扇，撫掌大笑：「我固疑是老奴，果如所卜」。（世說新語）

三十三、王戎宿慧

王戎七歲，與諸小兒遊。見道邊李樹多子折枝，諸兒競取之，唯戎不動。人問之，曰：「樹在道邊而多子，此必苦李。」取之果然。（世說新語）

三十四、劉晨阮肇

漢明帝時，劉晨阮肇共入天台山，迷路，十三日飢將死，攀樹得桃，各啖數枚，飢止體充，逆溪行二三里，得度，出山一大溪。見多仙女，款待之，十日欲出，奏樂送之，返鄉，早已面目全非，得七世孫。(幽明錄)

三十五、賣胡粉女子

一男富有，偶識賣胡粉女子，悅之，屢買胡粉，久之成侶，性交而死，女遁去。父母循跡追及，問罪，女願殉之，臨屍一哭，男更生，遂成夫婦。(幽明錄)

三十六、魏武帝見匈奴使

魏武將見匈奴使，自以形陋，令崔季珪代己，自立其側。使去，使間諜問之，曰：魏王雅望非常，然床頭捉刀人，乃英雄也！魏武聞之，馳殺此使。(殷芸小說)

三十七、子路遇虎

孔子遊山，使子路取水，遇虎，搏之，攬虎尾於懷，歸，問孔子：上士、中士、下士殺虎如何？曰：持虎首，持虎耳，捉虎尾。子路怒，舉石盤欲殺子，又問：上士、中士、下士如何殺人？曰：以筆，以舌，以石盤。子路乃棄石盤。(殷芸小說)

三十八、陳元方

陳太丘與友人期行，約日中，日中不至，太丘先去，友至，怒詬太丘，太丘子元方七歲，曰：「與家君期日中，日中不至，則是無信，對子罵父，則是無禮。」(殷芸小說)

三十九、甕夢

有貧人夜宿甕中，私計賣甕之資，倍息累計，其利無窮。遂喜而舞，不覺甕破。(殷芸小說)

四十、晏嬰

晏嬰身矮，使楚，楚爲小門於大門側，延嬰入，嬰不入，曰：「使狗國，狗門入，今臣使楚，不當從狗門入。」楚王曰：「齊無人耶？」對曰：「齊使者賢者使賢王，不肖者使不肖王。嬰不肖，故使王。」坐定，縛一人來，曰：「齊人坐盜。」對曰：橘生江南，至江北爲枳，水土異也。此人生齊不爲盜，入楚則爲盜。（啓顏錄）

四十一、敬德不諂

唐太宗與唐儉下棋，儉勝之，太宗怒，欲殺之，問尉遲恭，恭不以爲然，遂不殺，後太宗稱讚敬德有三利三益。（朝野僉載）

四十二、鷂死懷中

太宗得鷂，甚俊，私自臂之，見魏徵來，乃藏於懷。徵奏事說理，娓娓不休，鷂竟死於懷中。（隋唐嘉話）

四十三、身死而法不可改

徐大理有功，每見武后殺人，必據法力爭。嘗與后反覆，辭色愈厲，后大怒，令拽出斬之，猶曰：臣身雖死，法終不可改。免死，除爲庶人。如是再三，朝廷倚賴。（隋唐嘉話）

四十四、韋秀莊

滑州刺史韋秀莊，見三尺小人，乃城隍神，謂韋：黃河之神欲毀我城，我不許，五日後將劇戰，請君派二千人助陣。至期，果以二千人伺之，見白光、青光交纏，命以亂箭射白光，乃漸滅。黃河漸退五六里。（廣異記）

四十五、童區寄傳

童寄者，郴州牧兒也，被二人劫，寄先以身就刃，斷其索，起殺一人，又好言勸另一賊，復夜殺之，官府知之，欲以爲吏，不允，乃送還其家，四鄰敬駭。（柳河東集）

四十六、兗公答參軍

陸兗公爲同州刺史，家僮見參軍不下馬，參軍打之，向兗公辭職，兗公曰：家僮犯禮，打也得，不打也得，官人打了，去也得，不去也得。參軍不測而退。（國史補）

四十七、王鍔散貨財

王鍔歷爲方鎭，好聚財，有人戒以積而能散，後又見客，曰：已散財：諸兒各萬貫，女婿各千貫。（國史補）

四十八、文德皇后

唐太宗退朝，曰：「必殺此田舍漢」，文德皇后問是誰。曰：「魏徵每廷辱我，我常不自由。」后朝服於廷而拜，曰：「主聖臣忠，因有聖君，故得忠臣。」太宗釋然。（大唐新語）

四十九、狂夫之言聖人擇焉

皇甫德參上書，諫修洛陽宮及收地租，太宗怒，魏徵引賈誼之諫漢文帝，「若非激切，則不能服人主之心」，「狂夫之言，聖人擇焉。」乃賜絹二十疋，命歸。（大唐新語）

五十、旗亭賭唱

詩人王昌齡、高適、王之渙齊名，一日三人共詣旗亭，聽妙妓奏樂唱詩，三人賭勝，先有昌齡二絕，復有高適一絕，末了乃是之渙之詩。三人大笑。妓們聞之，曰：「有眼不識神仙。」（集異記）

五十一、武則天讀檄

駱賓王爲徐敬業作檄討武。則天讀至「一杯之土未乾，六尺之孤安在！」不悅曰：「宰相何得失如此人！」（酉陽雜俎）

五十二、王勃展才

王勃十四歲，與眾賢同作滕王閣序，至「落霞與孤鶩齊飛，秋水共長天一色。」閣都督瞿然而起曰：「此眞天才，當垂不朽矣！」（唐摭言）

五十三、掘地皮

徐知州在宣州，聚斂苛暴。入覲侍宴，一伶飾鬼神。旁一人問：誰何？伶人曰：我宣州土地神也，吾主入覲，和地皮掘來，故得至此。（江南餘載）

五十四、奈何縱民稼穡

唐莊宗好田獵，踐民田，中牟縣令苦諫，帝叱之，欲殺之，伶人敬新磨

曰:「汝爲縣令,不知天子好獵?何不飢汝縣民,而空此地,以備天子馳騁?汝罪當死!」帝一笑免死。(新五代史)

五十五、賣油翁

陳堯咨善射,一日問賣油翁:「汝亦知射?」「亦手熟耳。」翁取一葫蘆,上覆一錢,以杓酌油瀝孔而入,少頃油滿,而錢不濕。「吾亦手熟耳。」(歸田錄)

五十六、靴價

馮道、和凝同爲相,一日和問馮:「公靴何價?」公舉左足,曰:「九百。」和回顧小吏:「吾靴何一千八百?」久之,馮舉右足曰:「此亦九百。」(歸田錄)

五十七、傍鑿一池

有大夫主張涸梁山泊以爲農田,或謂:梁山泊面積大,水潦四集,水往何處安置?劉攽曰:可在其傍另鑿一池以容之。眾大笑。(澠水燕談錄)

五十八、小名和尚

歐陽修不喜佛,有談佛者,必正色視之,其幼子小字和尙,人問爲何。曰:所以賤之也。如世人以牛驢字小兒耳。(澠水燕談錄)

五十九、晏元獻

晏殊因一再誠實以對,爲帝所重視,仁宗朝卒大用。(夢溪筆談)

六十、乘隙

定遠一弓手乘隙刺殺小偷,又以矛刺殺強寇,蓋把握時機也。(夢溪筆談)

六十一、劉沈處世

劉凝之爲鄰人誤認其履,與之,鄰人得己履,還之,不受;沈驎士亦因鄰人誤認其履而與之,及鄰得己履,還之,乃受。(志林)

六十二、獵犬吃飯

二獵犬言志,一曰:他日得志,當吃了便睡,睡了又吃。一曰:當吃了又吃,何暇睡也?(志林)

六十三、承天寺夜游

因月色起身，與張懷民遊承天寺中庭，庭下如積水空明，水中荇藻交横，蓋竹柏影也。天下但少閒人如吾兩人耳。(志林)

六十四、宋璟進諫

韋月將告武三思與韋后通，三思諷有司論月將大逆不道。帝詔殺之，宋璟不奉詔，帝怒，「請先誅臣，不然，終不奉詔。」乃免月一死。(續世說)

六十五、逼婚

一少年俊秀，有富貴人擁之返家，欲嫁女與之，少年曰：榮幸！願返家商諸吾妻。威大笑。(墨客揮犀)

六十六、草書

張齊賢相，好草書，一日揮灑龍蛇，令姪抄錄之，至一字，姪不識，問張。張亦忘之，曰：何不早說，致我忘之？(拊掌錄)

六十七、王荊公簡率

荊公簡率，衣垢食不擇。一日友與同浴於僧寺，潛備新衣一件，他浴後穿之無疑。又有人言他喜食獐脯，夫人疑焉，問食置何處，曰在他後邊。又食，置他物於他身旁，盡食之，未食獐脯。人或疑其作假。(曲洧舊聞)

六十八、烏巾

荊公退休後，蔣山吳氏田家子供其灑掃，一日公巾墮，賜吳。吳賣得錢三百，公令贖回，刮其垢，內黃金也，乃禁中所賜，仍以贈吳。(墨莊漫錄)

六十九、書換銅器

一士人鬻書入京，途遇一士人愛之，乃以家中古銅器易之。返，妻問何速，答以銅器，妻詈之：「這些幾時近得飯吃！」士人曰：「他換得我那個，也幾時近得飯吃！」(道山清話)

七十、黃金釵

法一、宗杲自開封避亂渡江，杲所攜笠中有黃金釵，一乘其如廁擲入江中，杲還，不敢言而色變。法一曰：吾與汝共學了生死大事，汝乃眷眷此物，

我已爲汝投之江流矣。(老學庵筆記)

七十一、此是實數

僧行持，有高行而滑稽。與二僧見明州太守，守問各寺僧多少，曰「千五百」，曰「千僧」，持曰:「百二十。」又云:「敝院是實數。」守爲撫掌。(老學庵筆記)

七十二、不了事漢

秦檜當國，殿前軍人施全，伺於途，欲斬檜，只砍斷轎之一柱，斬首。有人云:「此不了事漢，不斬何爲!」(老學庵筆記)

七十三、白席

民間吉兇事，有司禮者曰白席，一日韓琦赴宴，拾荔枝欲食，白席曰:「資政吃荔枝，請眾客同吃荔枝。」琦恚之，放下，白席曰:「資政惡發也，請眾客放下荔枝。」琦一笑。(老學庵筆記)

七十四、霍將軍

吳興士子六人入京師赴省試，共買紗一百匹，一僕負之。途遇強盜數人，士人中有霍秀才，諢名霍將軍，善技擊，將盜一一擊倒。後謂眾人曰:諸君在我身後，爲我後盾，故吾放心擊賊。(夷堅志)

七十五、奮不顧身而得生

建炎胡騎犯江西，郡縣之民望而畏之，多束手斃，間有奮不顧身者，則往往得志，雖婦女亦勇爲之。(夷堅志)

七十六、鬥牛圖

馬知節藏戴嵩鬥牛圖，暇日曝廳前，一輸租氓見而笑之，曰:「農不知畫，乃識眞牛。方其鬥時夾尾於髀間，雖壯夫膂力不能出之，此圖皆舉其尾，不類。」(獨醒雜志)

七十七、文山書爲北人所重

有人過河間府，見燒餅主人家小低間壁間帖四詩，乃文天祥筆。不賣。主人曰:「此吾傳家寶。咱祖亦是宋民，流落在此。趙家三百年天下，只有這

一個官人，豈可輕易把與人？」（癸辛雜識）

七十八、縣令明察

舟子載商人，推落水中，取去其資，卻到商人家喚娘子：客何不至舟？及成案，久不破。縣令詢其妻，乃決，面詢舟子，曰：焉有客不至舟，及門喊娘子者？汝固殺人者也。（野記）

七十九、相疑為鬼

八字橋相傳有鬼，東有浴肆，客見避雨傘下者，意其為鬼，排之於水，急走，後遇之，曰：帶傘鬼擠我於河，幾溺死，二人相語，則皆誤矣。又一人宵行見一大頭，身長二尺許。後引燭觀之，乃一小兒。蓋以大斗障雨，乃被誤為鬼。（七修類稿）

八十、告荒

有告荒者，官問麥，收三分，棉，收二分，稻，收二分。官曰：如此收七分，何得曰荒？某人曰，某一百餘歲矣，未見如此奇荒！官曰：何謂？某曰：我七十餘，長子四十餘，次子三十餘，合為一百餘歲！（丹鉛雜錄）

八十一、點選秀女

隆慶間，民間訛傳朝廷將點秀女，人家有女者，咸急求婚配，久之，始知其偽，有人悔之不及。（留青日札）

八十二、箭喻

吐谷渾阿豺有疾，以箭喻母弟團結協力之道。（初潭集）

八十三、悅諛

粵令悅諛，一吏阿之，曰「在人上者，必喜人諛，唯吾主不然，視人譽蔑如耳。」其令耳之，召見，嘉賞不已，自是昵之有加。（應諧錄）

八十四、鍾馗吃鬼

鍾馗好吃鬼，其妹為他慶生，送鬼二名，連担担子的算三個。担上鬼曰：我倆是本等，你如何挑這個担子？（笑贊）

八十五、打差別

趙世傑半夜睡醒，謂妻，夢中與他家婦女交接，不知婦女亦有此夢否？妻曰：男人婦女，有何差別？趙遂起身打了妻子一頓。（笑贊）

八十六、尊奉三教

士人尊三教，塑三像，孔子先，次老君，次如來。道士來，移老君於中，和尚來，移如來於中，士來仍移孔子於中。三聖相謂：「我們好好的，卻被人搬來搬去搬壞了。」（笑贊）

八十七、做屁文章的秀才

一秀才到閻王殿，閻王放一屁，乃作頌頌之，王大喜，增壽十年，十年後又來，小鬼說：「是那做屁文章的秀才。」（笑贊）

八十八、不誤反誤

一子逆父，父死囑之：「必葬我水中。」冀其逆命。狠子曰：「生平逆父命，今死不敢違旨。」乃築沙潭水心以葬。（古今譚概）

八十九、劉禪

劉禪對司馬昭：此間樂，不思蜀。郤正教他要答「無日不思。」昭再問，禪如正言，閉目，王曰：何乃似郤正語，禪曰：誠如尊命。（古今譚概）

九十、薑生樹上

楚人不識薑，以爲樹上生，人告以土裡生，不服，與人賭一驢，問十人，皆曰土生，其人曰：驢則付汝，薑還樹生。（雪濤小說）

九十一、湖心亭看雪

十二月往西湖看雪，景美，湖中有二人飲酒，邀余同飲，及下船，舟子曰：「莫說相公痴，更有痴似相公者。」（陶庵夢憶）

九十二、大鐵椎傳

一客持大鐵椎，居宋將軍府，夜與一群盜賊相鬥。殺三十餘人，宋將軍竊觀之，股慄欲墮。大鐵椎大呼「吾去矣！」東向馳去，後不復至。（魏叔子文集）

九十三、何惜一官

胡亶備兵常鎮，時多黠盜，每擒一人，株連百餘家。胡不欲害及無辜，曰：何惜一官，爲數百人請命耶？卒力白之。（今世說）

九十四、鳥語

中州道士能知鳥語，預言火災，生子及其死期，又聞鴨語，知縣令家中妻妾勃谿。（聊齋志異）

九十五、鸚鵡

關中商人養鸚鵡，偶下獄，婦時嘆恨，鸚鵡曰：郎在獄數日已不堪，我遭閉累年，奈何？商愈而放之，後商同輩過隴山，鸚鵡必問曰：「郎無恙否？」（聖師錄）

九十六、鶴

盧某養二鶴，一死，一哀鳴不食，盧勉之乃食，鳴繞其側，乃放之。三年，又見牠，引歸，伴老，盧死，鶴亦不食死。（聖師錄）

九十七、偷畫

有人白日偷畫，主人歸，跪求曰，此小人外祖像也。主人笑遣之，登堂，則趙子昂畫失矣。（新齊諧）

九十八、唐打獵

旌德縣令派人聘徽州唐打獵捕虎，唐派二人：一老翁，一小孩，大失望。不料老翁用一短斧斃虎，自言練臂十年，練目十年。（閱微草堂筆記）

九十九、避諛

人行深山，見岩洞中一前輩，召之甚殷，乃前拜謁。問他：公佳城在某所，何獨游至此？對曰：某生平無過失，亦無所樹立，不料碑上多記過實之事，鬼物聚觀，亦多訕笑，乃避居於此。

一百、滿朝皆忠臣

宋高宗南巡，見群農耕種，召問近況，又令認隨扈諸臣，兼詢姓氏，諸臣多股慄失常。上問，農夫曰：滿朝皆忠臣。「因戲中淨角所扮奸臣，如曹操、

秦檜，皆面塗白粉，今諸大臣無此狀，故知皆忠臣也。」（清稗類鈔）

以上一百則，以人物刻畫爲主，特殊事件爲輔，殊少涉及思想者，但多有情趣焉。可見古典小說中極短篇之一斑。有些採自經典及筆記、文集，亦各有風致。在取材上，鮮取鬼怪妖異題材，亦一大特色。

《連城訣》的主題、人物與情節

一、主題

金庸的小說世界中，有愛情，有仇恨，有俠義，有人性，有成長，有失落，有人生哲理，有幽默，有嘲諷，有時更有歷史背景和歷史事件。

在諸多金庸的皇皇鉅著中，《連城訣》似乎只是一本不起眼的小書，甚或可以稱之爲「金庸小品」。爲什麼？因爲金庸小說如《大漠英雄傳》、《神鵰俠侶》、《鹿鼎記》、《天龍八部》、《倚天屠龍記》、《笑傲江湖》等，均有百萬字以上的篇幅，《書劍江山》、《俠客行》、《飛狐外傳》等也有五十萬字以上，而《連城訣》卻不到三十萬字，比起以上諸書，自是「小巫見大巫」。但是，篇幅的大小並不是決定一部文學著作之價值的最主要條件，我們試仔細閱讀《連城訣》全書，便可知悉，此書中除了歷史事件，上舉諸端可謂無一不具備，正應了「麻雀雖小，五臟俱全」那句老話。而且以結構而言，亦綿密到幾乎無懈可擊。

乍看之下，這部《連城訣》的主題是很簡單的，「貪財者死」四字而已。

其實又不盡然。

一大群「逐鹿」者表面上追尋的是武林秘笈連城劍譜和劍訣，其實他們眞正要追索的，是傳說梁元帝暗藏的大寶藏。這個重要的訊息，作者早在全書未踰半時，便有意無意地透露給讀者了。敏銳的讀者未必會十分驚愕：因爲現代武俠小說中招數，實際上不限於武功武術，更擴及情節的詭異多變，甚至挾帶偵探小說、推理小說的勁勢。古龍如此，金庸也不免如此。若以三人相比照，另一「大俠」梁羽生就顯得稍稍「平淡」了。不過古龍之詭，有時不免牽強附會，金庸之變，則十九合情合理，如將他和西方小說家比較，金庸小說中的巧合略等同於（或近似）英國十九世紀的狄更斯。

不過這一出乎意料之外的主線安排，其實也正展示了作者的一大主題經營：貪之一字，不限一隅：財可以貪，色可以貪，權勢可以貪，武功武術也可以貪。本書中把這些不同領域的貪婪全都撮合在一起了。

萬圭爲了貪圖戚芳的美色，定下了毒計，把自己師伯的大弟子狄雲誣陷了，終於達成自己的目的，娶到了被蒙在鼓裡的戚芳，但最後仍不顧情義，親手殺了有情有義的妻子，自己也難逃報應；吳坎爲了貪她（同一個戚芳）的美色，也作了背叛師兄的行爲，很快就被識破、殺死；連身爲長輩的花鐵幹，也對水笙色迷迷的。這是一大貪。

對於武功秘笈之貪，更是武林中人有志一同：梅念笙三徒對師父毫無情義，可說合貪財、貪權勢、貪武功於一爐之中。最後，他們都獲得了應有的果報。

一個貪字之外，當然還有更正面意義的主題：情與義。

一個傻乎乎的鄉下孩子狄雲，受盡冤屈和艱辛，但終因一以貫之的忠誠憨厚耿直，使他突破重重雲霾和險阻，重見天日，保女佑己，並獲得另一有情佳人水笙。這不正是「善有善報」的最佳寫照？

另一對有情有義的情侶丁典與凌霜花，雖然受苦受難，最後均不得佳終，但他們的朋友狄雲終竟完成了爲他們合葬的許諾，並在墳前遍植他們生前酷愛並以之定情傳情的菊花，二人也可說飲恨復釋憾於九泉之下了。

最讓人惋惜的是戚芳：她少不更事，誤信人言，冤枉了自己的小情人狄雲，甚至誤入萬圭的圈套，成了他的妻子，爲他持家生女；但她了解眞相之後，立即改絃更轍設法維護狄雲，儘管她的力量非常薄弱，最後不得不死於「婦人之仁」，但她的一腔柔情，已著實獲得眞正的歸依，狄雲爲她復了仇，並立心養護她的孩子，勉強說來，可憐復可敬的戚芳已得到了「詩的正義」（Poetic justice）。

相對說來，水笙的存在反倒像一個傳奇故事的女主角，她最後又等到了狄雲，更是傳奇中的傳奇，這使得全書更像一個「通俗劇」（melodrama）。不過也正因爲這樣，作者才更深摯地強化了他的第一主題：世間的至情至義，終必完成一圓滿的生命境界。這是他在其他若干作品——諸如《神鵰俠侶》——中也曾竭力予以揭櫫的。

二、人物

《連城訣》中的人物不多也不少，正符合一部優秀長篇小說的需求。試舉其較重要者加以析論。

（一）狄雲

狄字代表耿直忠烈，吾人很容易聯想到歷史上的名將狄青；雲字暗含「義薄雲天」的旨意。

狄雲的個性，從表面看，是一個粗魯不文的鄉下孩子：譬如他在萬震山眾徒合攻他又吹噓說萬圭打敗他之後，還挨了師父一記耳光，便在狂怒之下，牛脾氣發作，突然縱身跳起，搶過放在身後几上的長劍，拔劍出鞘，躍到廳心大叫：「師父，這萬……萬圭說打敗了我，教他再打打看。」甚至口不擇言，亂罵起來，便是一個例證。

其實他是一個性情憨厚的人，從他對師父的忠誠（甚至師父要殺他他都不反抗，只傷心）、對師妹戚芳的痴情、對水笙的高貴的純情，以及對師叔言達平的近乎愚昧的寬諒，都在在顯示這一特質。對他的情敵兼大仇人萬圭，他本可一劍把他刺死，卻偏在緊要關頭「轉念」：「我殺他不殺？」因而錯失時機（因爲萬圭是戚芳的丈夫呀。）如此厚道之人，舉世罕見，卻又在在切合情理。這是作者人物創造上的一大成果。

同時他也是耿直的人，桃紅誣他非禮，他還不覺嚴重，發現連師妹也疑他，他才覺心中的痛楚比肉體上的疼痛更勝百倍，但他不怨，只覺「有千言萬語要向戚芳辯白，可是……半句話也說不出來。」對老丐（言達平）許諾不洩其秘，也說得十分鄭重：「我要是洩漏一字半語，教我天誅地滅。」爲了保護師父、師妹，他可以拚命忘死。

他的正義感也不可小覷。爲了保護丁典（那個常虐打他的人）不被獄吏打死，他奮不顧身，攔住牢門，喝道：「不許進來！」幾乎賠上自己的性命。對於誤會他、鄙視他的水笙，他更不遺餘力的保護（那時他倆還沒沾上一點「情」字），儼然具有西洋中古時期的騎士精神。

狄雲不是《大漠英雄傳》的郭靖，不是《神鵰俠侶》中的楊過，不是《天龍八部》中的蕭峰，他不是什麼偉大的英雄；當然他也不是《鹿鼎記》中的韋小寶——那個出色潑剌的「反英雄」，但他是一個平凡的人，具備與生俱來的至情至性，他的平凡，也正所以成就他的不平凡。

（二）戚芳

一朵芬芳的花，但生命的憂戚籠罩著她，使她經歷一波三折的命運，最後還含憾而死。

她是一個頑皮嬌縱的女孩，由她和狄雲練武一幕，可以洞見此一特質。

她最初是一個沒見過世面的鄉下女孩。卜垣初來她家拜見乃父時戚芳躲在狄雲背後，也不見禮，只點頭笑了笑。足見她內向的一面。

但她的天眞，使她更具備吸引人的特色，（當然也配合了她的美麗）。第一回中作者安排了她和家養水牛大黃的一段對話（「大黃，人家要宰你，你就用角撞他，自己逃回家。」）尤能流露她的天眞爛漫。

當狄雲被人誣陷時，戚芳臉上的神色又是傷心，又是卑夷，又是憤怒；接著「啊」的一聲，哭了出來，說：「我……我還是死了的好。」又足見她天眞無知，容易受人愚弄。

但更重要的是，她是一個具有至情至性的好女子。她雖然誤會了狄雲，但當萬圭帶她到獄中探望時，她仍舊誼難忘，難以自抑之情，溢於言表——

她大叫：「師哥，師哥！」撲到了鐵柵欄旁。

但見她雙目紅腫，只叫「師哥，師哥，你……你……。」這寥寥數字，實不啻千鈞之重。

第十回她由吳坎口中得知一切眞相，只覺如刀扎心，不禁低呼：「我……我錯怪了你，冤枉了你」身子搖搖晃晃，便欲摔倒。

她儘管已知丈夫萬圭是壞人，卻仍懷著「嫁雞隨雞」、「這些年他畢竟對我不壞」等念頭，一再寬容他，赦免他。

如此至性至情、有恩有義的女子，世間亦恐難得。作者用了略次於男主角的筆墨來傳寫她，足見一番苦心孤詣。她和狄雲，都是兼具類型性和個性的「典型人物」，也是英國小說家佛斯特所說的「立體人物」（round character），圓滿飽足，令人久久難忘。

（三）丁典

丁典是一個典型的壯丁——一個鐵錚錚的男子漢，足可當得起「俠骨柔情」四字。他對凌霜華的愛，由痴到狂，由無望到有緣，由生到死，其貞烈，其深永，幾於無以復加。凌霜華亦足以襯配之。

他的瘋狂狠魯，他的世故練達，跟同牢的狄雲形成一個很好的對比。他起先懷疑狄雲是臥底的，一再地侮辱他，毆打他，但當他認識了對方的眞面目之後，便眞誠以待，剖心瀝肝，有情有義，甚至以生死相託，他能在危難中出手相救對他有仇的凌知府，他也能義助爲三徒所逼害的梅念笙，……儘管他對人間世已失望透頂，卻仍執著地懷持一份情愛，一線希望，最後凝結爲「與伊合葬」之一念。和他比起來，凌知府，武林諸多高手……均彷彿若塵土。

（四）萬震山、戚長發、言達平

這三位師兄弟，表面上各有不同的個性；功夫好，世故，陰詐，神出鬼沒，則爲三人之所同。

三人所不同的則是：

戚長發是一個鄉下武士，故言行不免三五分粗率與鄉氣，如卜桓說他師父萬震山已把連城劍法練成了，戚不禁一驚，將酒碗重重往桌上一放，小半碗酒都潑了出來……他呆了一陣，突然哈哈大笑：「他媽的，好小子，你師父從小就愛吹牛。」這一段把他的諸般性格特質一一洩出。比起萬和言二人，他多少還有些忠厚之處，由一、二回中所述諸事可以看出。倒是丁典在第二回末中所描述的外號「鐵鎖橫江」暗示的「聰明機變」，在小說中卻很少機會展露。這可說是作者的一個小小的疏忽。

相對的，萬震山是一個陰險狠辣、城府極深的人，表面上，他似乎也具有一些正義感，如面對呂通，他說出「似你這等人物，武功越強，害人越多。姓萬的年紀雖老，只得來領教領教。」顯示他武林正統的身分，但他屢次用假冒對方聲腔的方式殺人藏屍，以及對家人（兒媳）徒弟的絕情手段，令人不寒而慄。作者也偶然賦予他一些幽默感，如說呂通屎攻是「家裡堆滿了黃金萬兩使不完」。

言達平一開始便扮老丐出場，始終都保持相當程度的神秘性，因此其個性也稍覺模糊，但其爲萬、戚一丘之貉，讀者由正側面都可以了然察知。

（五）萬圭

一個公子哥兒，玉立俊美，小有本領，慣於仗勢欺人，自私任性，自我中心，陰詐過人，有時僞示正義感和同情心，以騙取意中人的情感。這樣的人物，雖有不少戲，卻只能歸類爲「平面人物」（flat character）。圭者龜也。

（六）水笙

一個可愛而有個性的女子，但她的性格發展不免受囿於情節安排。

餘如卜桓、吳坎，均可當作萬圭的影子或分身。桃紅，典型封建社會中的弱女子，說可惡不如說可憐。她在書中，多少發生了穿針引線的功能。

三、情節

以《連城訣》的情節論，它其實是由三個故事所組成：

（一）梅門諸徒爭秘笈及藏寶訣。

（二）狄雲成長奮鬥史——是一部典型的「成長小說」。

（三）丁典與凌霜華的生死戀。

在這三個故事中，大主角狄雲是唯一貫穿其間的人物，在第一個故事中，他始終是配角，但也不時成爲關鍵人物；第二個故事中，他是男主角，女主角有二：戚芳、水笙，一之芳潔，雖一度受污而終告澄清，一之似水笙音，初不與男主角相諧，而終於撥雲霧見天日，合奏成樂。第三個故事中，狄雲是大配角，他的地位隨時間的變遷而逐漸重要，幾幾乎與男女主角鼎足而三。

作者用一雙巧手把三個故事的大綱小絲交織在一起，時而順水推舟，時而逆顧，時而穿插，時而映照，使整部小說如一氣呵成，前後幾無隙縫。

如果我要挑剔，我願意說：寶象、狄雲兩人與水岱諸人相鬥一節，未免稍嫌冗長。當然，以一般武俠小說的尺度來說，比這更長更繁的打鬥場面還多著呢，可謂不勝枚舉。但是倘若把《連城訣》當作一部文學著作看待，這一部分便有斟酌剪裁的餘地。

還有，連城劍譜訣藏在《唐詩選輯》中的一段情節，也未免是巧合中的巧合（後來是戚芳的熱淚使它洩了底）；何況，戚長發發現此書失蹤後，照理似應向女兒或狄雲尋取（這至少是一大可能），但他卻一直隱而不出，說來未免牽強可疑。（按此書先被戚芳收在山洞裡，後由狄雲攜在身邊，終又復返戚芳手中）。

總之，《連城訣》是一部容易被人忽視的金庸佳作，展示了人生中不少眞諦，也塑造了若干不朽人物，情節結構則大醇小疵。餘如敘事觀點的活潑運用、時空的交錯運作等，亦均有値得稱許肯定的地方。

附注：本文所引《連城訣》文本皆根據 1984 年 4 月臺北遠景出版公司之版本。

附錄一：中國的神

前言

中國雖然不是一個宗教特別發達的國家，但因爲歷史悠久，文化發達，所以累積了許多神明，並陳於民間，發生了很大的作用，包括教化、庇祐和迷信。

中國神的來源大致有四：一、佛教，二、道教，三、儒教。四、民間傳說。其中儒家（儒教）的神和民間傳說的神往往混在一起，也不必嚴格地分開。

本文分類介紹各種中國神，力求言簡意賅。

一、佛教的神

（一）如來佛：即佛教創始人佛祖釋迦牟尼，生於西元前五六五年，死於西元前四八七年，本爲印度淨飯王的王子，因感人間生老病死之苦，離家修行，悟道後創立佛教，成爲世界三大宗教之一的教主，每一佛廟都供奉祂。

（二）過去七佛：指過去世的七位大佛，依序各爲毗婆尸佛、尸棄佛、毗舍婆佛、拘樓孫佛，拘那舍佛、迦葉佛、釋迦牟尼佛。除釋迦外，都是佛門爲了理論需要所構設。

（三）五方佛：屬於密宗系統，指東、西、南、北、中五方之佛，又叫「五智如來」：東方阿閦佛（表示覺性），南方寶生佛（表示福德），西方阿彌陀佛（表示智慧），北方不空成就佛（表示事業），中央毗盧遮那佛，即大日如來。

（四）三世佛（橫——平行）：其中釋迦牟尼是娑婆世界（指能思）的教主，藥師佛是東方琉璃世界（淨土）的教王，阿彌陀佛是西方極樂世界（有樂無苦）的教主。

（五）三世佛（豎——承續）：過去世佛即燃燈佛（指代表光明）；現在世佛即釋迦牟尼，往往供在中央；未來世佛即彌勒佛。其中燃燈佛是釋迦前世的啓蒙師。

（六）三身佛：就是如來佛的三種不同的身形，在佛殿中央的是法身佛（毗盧遮那佛），左邊的是報身佛（盧舍那佛），右邊的是應身佛（釋迦牟尼佛），三身均莊嚴而又慈祥。

（七）彌勒佛：未來世佛，原來名叫阿逸多，生於南天竺一個婆羅門家庭，是如來的弟子，比佛先死，上生彌勒淨土——兜率天，享受天上諸樂，祂的形象是袒胸露腹，笑口常開。

（八）歡喜佛：是梵文「俄那鉢底」的意譯，也可以譯作「無礙」。雙身裸體，象徵一絲不掛，一塵不染，無牽無絆，超脫塵世。另有一解，說祂是佛家的愛神或欲神。

（九）東方三聖：即東方淨琉璃園的藥師佛（大醫王佛），及祂的兩大助手：左爲日光遍照菩薩，右爲月光遍照菩薩。藥師佛爲人消災延命，二菩薩象徵光明遍照眾生。

（十）觀音菩薩：觀世音是佛家的首席菩薩，據說世人只要唸誦其名，祂便觀察此音，而立即現身拯救。祂能使盲人復明，不育者生子，公牛產乳，枯木開花，而且變化萬千，神通廣大，歷來或男身或女身，但以女身著稱。

（十一）千手千眼觀音：密宗有六觀音之說，包括千手千眼觀音、聖觀音、馬頭觀音、十一面觀音、准胝觀音和如意輪觀音。（顯宗則以大悲、大慈、師子無畏、大光普照、天人丈夫、大梵深遠爲六觀音）。千手謂其無所不能，千眼謂其無所不見，無所不知。

（十二）馬頭觀音：又稱馬頭菩薩、馬頭大士、馬頭明王。頭頂馬頭形，雙眼上吊，頭髮倒豎，獠牙外露，造型威猛，有三目，或二臂、或四臂、八臂，或兩面、或三面、或四面。

（十三）十一面觀音：正面三面是慈悲相，左三面是瞋怒相，右三面是獠牙上出相，背後一面是暴惡大笑相，另加觀音本體共十一面。頂上還有佛面。

（十四）如意輪觀音：手持如意寶珠和輪寶，故取此名。如意寶珠象徵滿足眾生的願望，輪寶表示法輪常轉，多爲坐像，六臂，其姿態爲豎右膝，右邊第一隻手支頤，左膝盤坐，是一種灑脫的思維相。

（十五）准胝觀音：准胝意爲清淨。祂的形象是三臂到八十四臂，坐在水中的蓮花上，下有三龍王支撐，表示祂功德無量，可以消除諸般災難。

（十六）聖觀音：也叫正觀音或聖觀自在，是各種觀音的總代表，一面二臂，是觀音的標準像，溫柔慈祥，秀美出群，可視作「中國的維納絲」。

（十七）善財童子：觀音左右站著一個童男，一個童女，童男即善財童子，是福城長者之子，出生時屋內地下忽然湧出了許多珍寶，長大後視金錢如糞土，苦修成佛，但民間卻誤以爲他是「招財童子」。

（十八）龍女：觀音右邊的女童即龍女，也是協助教化眾生的助手。她是二十諸天之一婆竭羅龍的女兒，聽文殊說法，立地成佛。

（十九）文殊菩薩：與普賢、觀音合稱三大菩薩，代表「大智」，祂的道場在山西五台山，據說祂曾在此爲一萬弟子講說佛法。

（二十）普賢菩薩：三大菩薩之一，代表「大行」，他的天職是將佛門的善普及到四面八方去，是一位著重實踐和傳播的神，有如基督教的聖保羅。祂的道城是四川峨嵋山，祂的座騎是一頭六牙白象，象徵功德圓滿。

（二十一）十二圓覺菩薩：密宗所崇奉的十二位菩薩，包括文殊、普賢、普眼、金剛藏、彌勒、清淨慧、威德自在、辨音、淨諸業障、圓覺、聖善首。這十二位圓覺菩薩是佛教教義概念化的產品，乃是一種象徵。

（二十二）迦葉羅漢：也叫迦葉大士，是如來十大弟子之一，是一位苦修出身的高僧，被稱作「頭陀第一」，相傳他是佛教第一次結集的召集人。

（二十三）阿難尊者：如來十大弟子之一，又稱「多聞第一」，阿難的本意是「歡喜」、「慶喜」，是如來的堂兄弟，迦葉升天以後，阿難繼承祂領導信徒，被後代稱爲二祖。

（二十四）目連：如來十大弟子之一，號稱「神通第一」。其母不敬僧佛，死後下阿鼻地獄，目連爲救母求助於如來佛，如來教以七月十五請僧眾造盂蘭盆會，餵飽天下餓鬼，乃得使目連之母轉生爲一條黑狗，後賴目連法力又轉生人身，並升入天堂。

（二十五）羅睺羅：如來十大弟子之一，也是十八羅漢之一，祂是如來親生子，三十五歲悟道成佛，爲小沙彌，是佛教有沙彌之始，稱爲「密行第一」，不毀禁戒，誦讀經文不懈，以五台山為道場。

（二十六）舍利弗：初修外道，後歸佛門，繼承了母親的天賦，智慧敏悟，持戒多聞，又善講道，被稱為「智慧第一」，亦為佛門十大弟子之一。

（二十七）須菩提：意譯為「善見」、「善觀」、「善吉」、「空生」。也是十大弟子之一，以「恒樂安定、善解空義、志在空寂」著名，因而有「解空第一」的美譽。

（二十八）富樓那：十大弟子之一，與如來同日生，以「說法第一」著稱，擅長分辨義理，廣說佛法，口才極佳。

（二十九）迦旃延：十大弟子之一，初修外道，後拜如來為師，稱為「議論第一」，特長是「略義能廣，廣義能略」——既能發揮得淋漓盡致，又能提綱挈領，一語中的。

（三十）阿律那：十大弟子之一，稱為「天眼第一」，天眼又名「天眼通」，是佛家六通之一，此通能望見千里之外，是千里眼，但他本人卻是個瞎子，偏偏能見十方（東、西、南、北、東南、東北、西南、西北、上、下），視地球如胡桃。

（三十一）優婆離：十大弟子之一，奉持戒律最嚴謹，所以稱為「持律第一」，出身（首陀羅）雖低，造詣卻高。

（三十二）十八羅漢，指賓頭盧尊者、迦諾迦伐蹉尊者、迦諾迦跋厘惰闍、蘇頻陀、諾矩羅、跋陀羅、迦理迦、伐闍羅弗多羅、戍博迦、半托迦、羅睺羅、那迦犀那、因揭陀、伐那婆斯、阿氏多、注荼半托迦、迦葉、布袋和尚（另一說後二者為慶友和玄奘）。另有五百羅漢之說。

（三十三）濟公：生於南宋初年（西元一一三七～一二〇九），俗名李心遠，法名道濟，十八歲在杭州靈隱寺出家，狂嗜酒肉，人稱濟顛，但神通廣大，好打抱不平，嘻笑怒罵，懲治貪官污吏，民間尊稱他為「濟公活佛」。

（三十四）達摩：禪宗始祖，南天竺香至國國王第三子，拜如來大弟子迦葉的後裔般若多羅大師為師，四處傳法，到廣州，又到金陵，北上至河南嵩山少林寺，面壁九年，弘法成功。

（三十五）慧遠：東晉高僧（西元三三四～四一六），俗姓賈，出身於仕宦之家，拜道安法師為師，後在江西廬山西林寺、東林寺弘法，創立淨土宗，以誦佛為主要功夫。

（三十六）道生：（？～四三四年）本性魏，先在廬山苦修，後在平江虎丘寺聚石爲徒，石皆點頭，後世有「生公說法、頑石點頭」之語。

（三十七）惠能：一作慧能，唐代高宗年間（西元六三八～七一三）人，家貧，出家，在湖北黃梅參拜弘忍和尚，由作雜役始，因「菩提本無樹」一偈見賞於師，乃傳衣缽於他，成爲禪宗六祖，他的說教後來被編成「六祖壇經」，影響至爲深遠。

（三十八）二十諸天：佛家二十位護法神之總稱，包括大梵天王、帝釋尊天、多聞天王、持國天王、增長天王、廣目天王、金剛密跡、摩醯首羅、散脂大將、大辯才天、大功德天、韋馱天神、堅牢地神、菩提樹神、鬼子母神、摩利支神、日宮天子、月官天子、婆竭龍王、閻摩羅王。

（三十九）大梵天王：梵的本意是「清淨」、「離欲」，乃是不生不滅，無所不在的最高實性。大梵天王是印度教的三大神之首，梵天的生命超過其他所有神的生命，祂的一天等於人間世界存在的全部時間。祂的形象是紅色的，有鬚，坐在蓮花座，四頭、四身、八臂。

（四十）帝釋天：是古印度吠陀神話中的一位大神，位在須彌山上（此山爲宇宙中心）。照佛家的說法，任何行善積德的人，都可以轉生爲帝釋天。祂的最重要職責是保護佛祖、佛法和出家人，形象如一中國后妃。

（四十一）金剛密跡：專事守護的神，手執金剛杵護持佛法，是夜叉神的總頭目。

（四十二）大自在天，即摩醯首羅：有三眼，使用三股叉，頭上有一彎新月作髮飾，頸上纏蛇，騎一大白牛，是苦行之神，終年住在喜馬拉雅山上。

（四十三）散脂大將：散脂的意思是密神，是北方毘沙門天王的八大藥叉將之一，爲金剛神將模樣，手持鐵矛，威風凜凜，有五百個兒子。

（四十四）辯才天：又稱大辯才功德天、美意天、妙音天，是一位主管智慧福德的神。她嗓音甜美，歌聲嘹亮，聰明而有辯才。其形象一是八臂分持弓、箭、刀、槊、斧、杵、輪、繩索，一是二臂像，兩臂彈著琵琶。

（四十五）大功德天：即吉祥天女，印度教的吉祥女神、幸福女神。形象端莊美麗，作后妃裝束，兩手（或四手），一手持蓮花，一手灑金錢，有兩白象作伴。

（四十六）堅牢地神：又叫「地天」、「大地神女」，她的職責是保護土地及地上的一切植物，免受災難。據說佛祖與魔王辯論時，堅牢地神因助如來一臂，大敗魔王，成爲大功的護法神。

（四十七）菩提樹神：即守護菩提樹的天女。菩提本義爲「覺」、「智」，故菩提樹爲「覺悟樹」、「成道樹」，如來當年在此樹下悟道，有風雨時，一位天女（樹神）就用枝葉爲祂擋風遮雨，從此成爲佛的守護神之一。

（四十八）鬼子母：四川大足石刻中，有一窟叫做珂利帝母窟，其中主神的貴婦人形象，左手抱一嬰兒，人稱送子娘娘，又稱「暴惡母」、「歡喜母」，爲五百鬼子之母，原來以吃人爲生，受如來感化而皈依，也成了守護神。

（四十九）摩利支天：原義爲「陽焰」，即光焰，爲一女性神，有大神通，能隱形，是太陽光的神格化。神像手執蓮花，身穿白衣，頭戴寶塔，坐在金色豬身上。

（五十）日宮天子：古印度太陽神蘇利耶的人格化，他俯視人間，明辨善惡，目光如電，巡行天地，分劃白天和黑夜，并用甘露治癒世人的病痛，逐走黑暗和敵人。

（五十一）月宮天子：又叫月天子、月天、大白光神、野兔形神。其形象可爲男性，肉白色臉膛，手杖上有半月形，乘坐三鵝所拉的車，還配有一位妃子——月天妃。

（五十二）韋馱：佛國中的「神行太保」，前身爲印度教三大神之一濕婆的兒子塞建陀，是天神軍的統帥，職責是保護出家人，護持佛法。金盔金甲，年輕英俊，手持金剛杵，後來專門負責保護佛陀的墳墓。

（五十三）天龍八部：是佛家八大護法神：天眾（如大梵天、帝釋天、閻王等）龍眾（無數龍王）夜叉（鬼形諸小神）乾闥婆（香神、樂神），迦樓羅（金翅鳥神）緊那羅（歌神）阿修羅（本爲印度教惡神，佛家收爲守護神）摩睺羅迦（大蟒神，與印度崇拜蛇有關）。

（五十四）戒神：受戒爲佛教重大儀式，大寺院中有戒台，中有若干小佛龕，計共一一三個，每一龕神中供一小神，稱戒神，也就是護戒之神，據說都是妖魔皈佛後所化成。

（五十五）哼哈二將：佛國二位金剛力士，多並立佛寺山門左右，體魄強健，上身裸露，一位用力鼓鼻，一位急張大嘴，形象猙獰可怕，職責便是守衛寺廟大門。

（五十六）四大天王：又稱四大金剛，佛家認爲天有六重，第一重叫「四天王天」，離人世最近，四大天王即住在此處。東方持國天王，名多羅吒，衣白，手持琵琶；南方增長天王，衣青，手握寶劍；西方廣目天王，衣白，手中纏一龍；北方多聞天王，衣綠，手持寶傘。

二、道教諸神

（一）三清：包括元始天尊、靈寶天尊和道德天尊（太上老君）。元始天尊爲道教第一大神，是主持天界之主，創世者。靈寶天尊是道教第二大神，象徵混沌初判，陰陽分明第二大紀。太上老君即老子，住在天界之太清仙境，本爲道教祖師，後因另造元始、靈寶二天尊，乃屈居第三。

（二）四御：指玉皇大帝、北極大帝、南極大帝、后土皇地祇。玉皇爲道教最高神之一，在教中地位僅次於三清，但在世人心目中，祂卻是中國最大的神，管轄著一切天神、地祇、人鬼，住在天上宮殿裡，手下文武官員無數。北極大帝是星辰的神化，協助玉皇執掌天經地緯、日月星辰和四時氣候。南極大帝又叫勾陳大帝，亦爲星辰神，執掌南北極和天地人三才，統御眾星，並主持人間兵革。后土皇地祇爲大地之神。

（三）王母娘娘：中國第一女神，爲元始天尊之女，玉皇大帝之妻，最初形象醜，有如虎豹，後來變成淑女佳人形象，生有七仙女，是女仙領袖。

（四）斗姆：三目四頭八臂，爲北斗眾星之母，爲憑空設想的女神，地位雖高，在民間的影響卻不大。

（五）眞武大帝：又稱玄武，由星宿神變動物神（龜蛇合體）又人神化，形象威風，披髮黑衣，手持寶劍，足踏龜蛇，兩旁爲金童玉女、水火二將，武當山爲其道場。

（六）三元大帝：即天官、地官、水官，各地多有三官廟，影響力不小。天官賜福，地官赦罪，水官解厄。

（七）八仙：指李鐵拐、鍾離權、張果老、何仙姑、藍采和、呂洞賓、韓湘子、曹國舅，皆爲凡人化生。各地多有八仙廟，歷代並有不少八仙題材的戲劇作品。

（八）李鐵拐：八仙之首，一說他姓李名玄，鐵拐乃別名，史傳並無其人，因此各代傳出不少異名，又醜又拐，身背大葫蘆，內藏救人治病的妙藥仙丹。

（九）鍾離權：也有人說他才是八仙之首。漢朝人，曾任諫議大夫，奉命出征，全軍覆沒，遇胡僧，引見上仙王玄甫，從此得道成仙，歷魏晉又做了大將，又大敗，再覺悟，隱老終南山，唐代時又出山，度化了呂洞賓。是一位酒不離口、放浪形骸的狂道人。

（十）張果老：他有二大特徵，一是年老，一是倒騎驢子。唐玄宗時請他入朝，自詡已有三千歲。他雲遊四方，敲打漁鼓，傳唱道情，勸化世人。

（十一）何仙姑：是八仙中唯一的女性，廣州增城人，原名何秀姑，是位「豆腐西施」，十三歲時，在野外遇呂洞賓、李鐵拐、張果老，給她吃了些仙桃、仙棗、雲母片，從此不再飢餓，能預測未來，很多人請她算命。

（十二）藍采和：一個有才情的流浪漢，善唱踏歌，玩世不恭，行爲怪僻。常穿破藍衫，一腳著靴，一腳赤裸。

（十三）呂洞賓：呂祖廟爲八仙中最普遍者，可見他影響力之大。山西人，唐末五代時著名道士，姓呂名喦（一作岩），在長安酒店遇鍾離權，教他延命之術，金液大丹之功，又得天遁劍法，可斷煩惱、色欲、貪瞋，因此有關神話甚多。

（十四）韓湘子：韓愈之姪，本爲功名之士，得道後屢次化形度化其叔，愈不悟，後諫迎佛骨被貶，在潮州作「祭鱷魚文」，據說湘子作法相助，鱷魚乃逃走，唐憲宗欲招回愈，愈假死不赴，遂入山學道，也成了正果。這當然純是民間傳說。

（十五）曹國舅：有三種不同的傳說，莫衷一是。他的形象是身穿紅官袍，頭戴紗帽，臉上塗著豆腐塊，純是小丑縣官模樣。成仙後，廟會扮了他來娛神，貴人宴席上扮他來祝壽。

（十六）黃大仙：東南一帶普遍祭祀的一位區域性神明，並隨著華僑足跡走向海外，據說是晉代浙江人，又號赤松子，一說他是廣東人，港澳至今猶盛信此仙。

（十七）張天師：張道陵（西元三四～一五六）是道教的創始人，凡入教者要交五斗米，故又稱「五斗米道」，教人悔過奉道，運用符水咒法治病，百姓視之如神明。

（十八）三茅眞君：指在江蘇句容縣境內隱居的茅盈及其二弟，盈常採藥爲百姓治病，後皆羽化成仙，百姓感念，築廟奉祀，分稱大夏君、中茅君、小茅君。

（十九）許眞君：許遜（西元二三九～三七四年）是東晉著名道士，活了一三五歲，博通天文、地理、五行、讖緯之學，尤喜神仙修煉之術，拜吳猛爲師，得三清秘法，又以符咒治民瘟疫，以儒家思想與道教方術相揉和，最後帶領四十二名仙眷，一起白日飛昇。

（二十）葛仙翁：葛洪（西元二八三～三六三）博學的晉朝道士，著有《抱朴子》內、外篇七十卷，內篇集魏晉時代煉丹術的大成，另有《金匱藥方》一百卷，對醫藥頗有貢獻，又撰《神仙傳》七卷。四十以後隱居，八十歲仙逝。

（二十一）：二徐眞君：徐知證、徐知諤是五代時南唐的兩位藩王，二人享樂終生，也未信道教，宋高宗賜廟額爲「靈濟」，到了明成祖時，更封二人爲金闕眞人和玉闕眞人，後又加封爲眞君，因爲常夢二神人（二徐）來輔家國，所以築廟供祀，以表答謝。

（二十二）王重陽：王嘉（西元一一一二～一一七〇）是金代著名道士，中年辭官，拋妻別子，遁入道門，追求精神解脫，蓬首垢面，放浪形骸，遇二位異人，即呂洞賓、鍾離權的化身，教以修眞口訣，收丘處機等七弟子，死後元世祖追封爲全眞開化眞君，元武宗加封他爲帝君。

（二十三）張三豐：遼東人，元、明時道士，傳說紛紜，其廟像身穿道袍，頭戴斗笠，足穿草鞋，面龐豐潤，風姿飄逸，明成祖尊爲「老師」、「眞仙」，創立武當道，重修內丹，以眞武大帝爲祖師。

（二十四）關聖帝君：即關羽，因其忠義、神勇，佛道二家爭先把他拉入自己的教門，充當護法神，紅面，長髯，左右有關平、周倉隨侍。

（二十五）聖官馬元帥：三眼神將之一，又叫「三眼靈光」、「三眼靈耀」、「華光天王」。原爲佛家菩薩，因爲毀了焦火鬼墳，違反慈悲教義，罰他下凡，最後因救母等功德而成道教護法神。民間把他奉爲火神，「華光」即火星。

（二十六）溫元帥：是泰山之神，爲東岳大帝的部將，姓溫名瓊，浙江溫州人，於書無所不通，科舉屢不就，自歎道：「死當爲泰山神，以除天下惡厲（鬼）！」他面青，髮赤，善變化。玉帝封爲亢金大神。

（二十七）薩眞人：北宋薩守堅投奔張天師虛靜等三位道士，後來大顯道法，遠近聞名，玉帝封爲天樞領位眞人。

（二十八）王靈官：薩眞人雲游四方，救濟眾生，一日來到江邊，江水中忽然冒出一員神將，黃巾金甲，右手執鞭，自願作他的部將，爲軍中保護神，火神廟多供奉之。

（二十九）四值功曹：指值日功曹、值時功曹、值月功曹、值年功曹。凡人上達天廷的表文，焚燒後即由他們呈送上去。《西遊記》、《金瓶梅》、《紅樓夢》中均有出現。

（三十）六丁六甲：甲子神將王文卿，甲戌神將展子江，甲申神將扈文長，甲午神將韋玉卿，甲辰神將孟非卿，甲寅神將明文章為六甲；丁卯神將司馬卿，丁丑神將趙子任，丁亥神將張文通，丁酉神將臧文公，丁未神將石叔通，丁巳神將崔石卿為六丁。這些都是道教的護法群將。

（三十一）青龍白虎：青龍神又叫孟章神君，白虎神又叫監兵神君，其職責是守衛道觀山門。星宿神原包含東方蒼龍七宿、北方玄武七宿、西方白虎七宿、南方朱雀七宿，後來玄武脫穎而出，成為大帝，青龍、白虎卻仍任巡護之職。

三、世俗神祇

（一）炎帝神農氏：中華始祖神之一，發明耒耜、斧頭、鋤頭，教民耕作，始嘗百草，發展醫藥，與黃帝合作，敗九黎、擒蚩尤。宋太祖尋到炎帝墳，遂築廟祭祀。

（二）黃帝軒轅氏：另一中華始祖神，開疆闢土，馭百神，制四方，主司風雨雲雷，進而成為創造天地萬物之神，是中國的上帝，黃陵有四座，黃帝廟始建於漢代。

（三）女媧娘娘：宇宙初開之時，只有媧兄（伏羲）妹二人，在崑崙山下，咒道：「天若遣我兄妹為夫妻，煙悉合，若不，使煙散。」煙果合，於是結為夫婦，她曾捏土造人，又曾補不周氏所撞破的天，世人又把她當作最早的媒人，是人民的保護神。

（四）牛郎織女：二星名。織女為玉皇孫女，善織天錦，與孤兒牛郎相戀，結為夫妻，生一男一女，玉皇知道了，令押回收審，牛郎在老牛死後剝皮披身，上了天空，正要進見織女，卻有天河阻隔，只好隔河對泣，玉皇感動，允許每年七月七日夜由烏鵲搭橋相會。是一對婚姻之神。

（五）泗州大聖：泗州有老翁搖船泊江心，船上有一美麗少女，是觀音變的，老人（土地爺）說：誰能投錢命中他女兒，即可娶她。一個聰明的泗州人由姑娘背後投銀中的，遂去涼亭議婚，卻一坐不起，原來靈魂被觀音度化到西天成佛了，從此他乃成了婚姻之神。

（六）月光菩薩：月神，又叫太陰星主，月姑，月宮娘娘，月娘。有些地方在中秋夜，姑娘們選好自己心上人的菜園子，去採瓜菜，偷到別人家的菜或蔥，就暗示將遇到如意郎君。苗族則有「跳月」之俗，中秋夜載歌載舞，以此覓情侶。

（七）七星娘娘：為保護孩子平安健康的神。本是織女星，但如何一變為七（織女星本有三顆）？大概是附會七仙女故事而成。她又兼為婚姻之神。

（八）月下老人：中國最紅的婚姻神，以紅線繫男女之足，即成夫婦，每在月光下為此事，又稱「月老」。

（九）和合二仙：萬回本姓張，唐代人，一天可以往返萬里，因而被祀為神，是和合之神，即團圓神和善慶神，到了明末又被分為二人，稱為和、合二仙了。並且附會為唐僧寒山、拾得。

（十）劉海：五代時道士，本名劉操，五十為相，後出家，神像卻是豐滿可愛的胖小子，象徵歡天喜地，生活富裕。

（十一）喜神：結婚乃人生大喜事，故必須有一喜神，喜神初無形象，後來人們也加以人格化，卻是福神——天官的翻版。

（十二）床神：宋朝已開始祭祀床神，一為床公，一為床婆，俗傳婆貪杯，公好茶。有一種說法，認為他們就是周文王夫婦。

（十三）碧霞元君：即泰山娘娘，一說她的前身是玉女，庇佑婦人生子。

（十四）送子觀音：佛教觀音中本無此位，完全是中國應民情所需而創設，而且有不少靈應故事。按民俗，無子的婦女要到觀音廟裡去偷燈，因為「燈」、「丁」諧音。

（十五）送子張仙：專門保護幼童，是送子的男仙，據說他的前身是花蕊夫人的丈夫——五代後蜀皇帝孟昶，將錯就錯成了「張仙」。

（十六）九天玄女娘娘：殷商祖先是母親吃了玄鳥蛋而懷孕的，後來這玄鳥又化為玄女，成了黃帝的師父，最後變成救難濟危、傳授兵法的半人半禽女神，後又賦予賜福和賜子的功能。

（十七）順天聖母：原名陳靖姑，五代福建人，因為餵一位挨餓的老太太，老太太是仙人，授以符籙，遂能斬蛇怪，為民除害，後來竟變成庇佑生子的女神。

（十八）居家保護神：含門神（桃人、神荼、鬱律、鍾馗等）灶君（灶王爺，有男有女，最流行的一位是張單）井神（一男一女）廁神（三霄娘娘）藥王（東漢的邳彤）保生大帝（大道公，福建名醫吳本，尤能防治瘟疫）媽祖（天后，原名林默，保佑船民，南方供祀）開漳聖王（陳元光，南方——

漳州——保護神）廣澤尊王（郭忠福，郭子儀後人，是痘神）火神（閼伯）后土娘娘（即四御之一、大地女神）虫王（劉猛）周公、桃花女（傳爲金童、玉女之前身）

（十九）五福運神：文昌帝君（掌科舉、文運，前身爲晉代張亞子）魁星（即五經魁首之星君，亦爲星辰神祇）福神（福星、福判，前身爲楊成）祿星（張遠霄或孟昶）壽星（南極仙翁，與福祿二星成爲人們最歡迎的三位神仙）麻姑（女壽仙）五斗星君（北、南、東、西、中五斗之星君，各掌解厄、延壽、紀算護命、紀命保身、保命。）文財神（比干和范蠡，比干因無心而童叟無欺，范蠡善貨殖）武財神（以趙公明名最盛）。

（二十）創業神暨行業神：造字神（倉頡）孔聖人（教師之神）祖師爺（工匠之神魯班）酒神（杜康）獄神（皐陶）茶神（陸羽）竈神（童賓）陶神（寧封子）染匠神（梅葛二聖）蠶神（青衣神、嫘祖）梨園神（唐玄宗）娼妓神（管仲、柳跖）窮神（杠夫們的自畫像）賊神（時遷）。

（二十一）冥王：地藏王（原爲新羅王子）東岳大帝（天孫——天帝之孫、泰山神）十殿閻王（秦廣王、楚江王、宋帝王、五官王、閻羅王包、卞城王、泰山王、都市王、平等王、轉輪王）中國四大閻王（韓擒虎、范仲淹、寇準、包拯）。

（二十二）陰官冥吏：含五道將軍（決人壽限者）城隍（地方保護神）四大判官（掌刑、掌善簿、掌惡簿、掌生死簿四判官）鍾馗（捉鬼元帥）土地（與民最親的低級神祇，並有土地婆爲配）池頭夫人與血河大將軍（前者爲陰曹地府血污池的典獄長，人們祈禱她，希望得到拯救和寬恕，以免死後打入血污池受苦；後者爲奈何橋和血池河的守衛神，婦人們亦祈之以求生男育女時不致污穢神明。）孟婆神（托生前奉茶請喝的女神，喝了茶乃能忘去前生種種，安心投胎）。此外還有黑白無常（勾魂鬼）牛頭馬面（陰府的巡邏搜捕吏）等小鬼，嚴格說來，是鬼不是神，順筆一提。

（二十三）天文地理神：月神（嫦娥）山神（太白神）風神（風伯）霜神（青女）河神（河伯）濤神（潮神：伍子胥）黃河神（黃大王）江神（奇相）。

總之，中華民族人文薈萃，地大物博，千神百祇，絡繹不絕，以上所述，不過舉其要而已。綜觀中國神的形成，大致有慰勉民心、砥勵德行、表彰聖賢、文化交流、就虛擬實、因果報應、以訛傳訛、約定俗成八大特色。

附錄二：《戰國策》的內容及策略

一、戰國策的內容

《戰國策》共三十三篇，是西漢大儒劉向（77-6 B.C. 字子政）所定稿，其中記載戰國二百四十餘年間事。

它的內涵，約包含以下數端：

（一）東周、西周、秦、齊、楚、趙、魏、韓、燕、宋、衛、中山十二國的政事。

（二）各國間的戰爭與和談、交涉。

（三）各國卿士大夫的言論及謀略。

（四）各國的社會及民情風俗。

（五）蘇秦、張儀等的越國遊說。

（六）陽謀和陰謀。

（七）世人對周天子的態度，如〈溫人之周〉：引《詩》：「普天之下，莫非王土，率土之濱，莫非王臣。」今周君天下，則我天子之臣，又（何）爲客哉？故曰（吾乃）主人。

（八）君臣之義。

（九）孝悌之道。

（十）仁義與利害。

（十一）進退取舍之道。

（十二）魯仲連等君子的言行及影響力，如〈孟嘗君有舍人而弗悅〉、〈秦圍趙之邯鄲〉。

（十三）淳于髡等幽默人士的言行及其影響力，如〈淳于髡一日而見七人於宣王〉、〈孟嘗君在薛〉。

（十四）孟嘗君等四公子的言行。如〈孟嘗君將入秦〉、〈孟嘗君在薛〉。

（十五）美人故事，如〈魏王遺楚王美人〉。

（十六）成語來源：如天子之怒、布衣之怒、抱薪救火、畫蛇添足、羊入虎口、不自量力、唇亡齒寒、眾口鑠金、士為知己者死、亡羊補牢、事有必至。

《戰國策》的優點：

（一）文字簡潔明快。

（二）結構嚴密。

（三）口才犀利。

（四）思路周到。

《戰國策》的缺點：

（一）偶有遁詞。

（二）過分簡潔，以致文意不清楚。

（三）時有缺文。

二、《戰國策》的策略

《戰國策》是一部歷史，也是一部策略、謀略之書，其中所包涵的謀略，可謂不勝枚舉。

茲就其尤為特出者一一介紹，並略加評論：

（一）設局阻止法與誇張嚇唬法

在東周篇中，第一則就是〈秦求周九鼎〉：

> 秦興師臨周而求九鼎，周君患之，以告顏率。顏率曰：「臣請東借救於齊。」〔註1〕

果然顏率以巧妙的說辭勸齊宣王發師五萬人，派大將陳臣思救周，秦國因而罷兵。但是接下去齊國又向東周求鼎。顏率再度親赴齊國，和齊國國君對話。顏率故意說：

> 周賴大國之義，得君臣父子相保也，願獻九鼎。不識大國何塗之從

〔註1〕《戰國策》（綜合出版社，1989年），頁一。

而致之齊？〔註2〕

齊王前後說假道於梁和楚。顏率趕快說：

不可！夫梁（楚）之君臣，欲得九鼎……。其日久矣，鼎入梁（楚），必不出。

齊王發傻了，反問顏率：

寡人終何從而致之齊？〔註3〕

接著顏率便說「弊邑固竊爲大王患之。」這以上是運用了「設局阻止法」，讓齊王覺得九鼎可得，但運送過程困難重重。

接下去顏率又說「夫鼎者，非效醯壺醬甀耳，可懷挾提挈以至齊者…」忽然一轉，更說出一段驚天駭地的掌故來：

昔周之伐殷，得九鼎，凡一鼎而九萬人輓之，九九八十一萬人，士卒師徒器械被具所以備者稱此。今大王縱有其人，何塗之從而出？〔註4〕

這裡把鼎的體積和重量作了無限上綱的誇張，九萬人挽一鼎，簡直近乎神話，但是當下卻嚇唬了齊王。

一事而用二策，終於使齊王無可奈何地中止了求取九鼎的企圖。

當然，這個故事中頗有可疑之處。南宋學者鮑彪就懷疑並無此事——「此特兒童之見耳。」

（二）遊說奏效法

東周篇第二則叫〈秦攻宜陽〉：

（東周）君曰：「宜陽城方八里，材士十萬，粟支數年；公仲之軍二十萬，景翠以楚之眾，臨山而救之，秦必無功。」〔註5〕

其臣趙累卻有不同的看法：

（秦將）甘茂羈旅也，攻宜陽而有功，則周公旦也；無功，則削跡於秦。秦王不聽群臣父兄之義，而攻宜陽，宜陽不拔，秦王恥，臣故曰拔。

東周君聽了他的話，有些著急，就請教對付的方法。趙累勸東周君對楚

〔註2〕同上，頁一。
〔註3〕同上，頁一～二。
〔註4〕同上，頁二。
〔註5〕同上，頁三，下同。

將景翠放話：

公爵爲執圭，官爲柱國，戰而勝則無加焉；不勝，則死。不如背秦援宜陽，公進兵，秦恐公之乘其弊也，必以寶事公；公仲慕公之爲己乘秦也，亦必盡其寶。

楚將景翠本來擁兵而不進，猶豫不決，在秦軍攻下宜陽（西元前三〇七年）之際，立刻進兵，秦國害怕了，趕快把賁棗城送給景翠，韓國人也送景翠重禮，一舉兩得，景翠遂感激東周君。僅僅一席衡量情勢而發的話，便使當時的局勢穩定下來。

（三）巧言圖利法

東周篇的另一則爲〈東周與西周戰〉，二小國交戰，韓救西周，有人爲東周對韓王說：

西周者，故天子之國也，多名器重寶，案兵而勿出，可以德東周，西周之寶可盡矣。〔註 6〕

這是誘之以重利，叫韓國別出兵救西周。

同一則的後半，記載的有些近似而不盡相同，也是西周、東周相爭的背景，西周想聯楚、韓兩國以對抗東周。有人乃助東周君對楚、韓兩國放話道：

西周之欲入寶，持二端。今東周之兵不急，西周之寶不入楚韓；楚韓欲得寶，即且趣我攻西周；西周寶出，是我爲楚韓取寶以德之也，西周弱矣。〔註 7〕

國際間罕講道義，多講利害關係。這兒東周君說的話，一則是勸阻楚、韓二國救援西周，而誘之以利；一則自己多交兩個朋友，而把當前的對手壓制下去，何樂不爲！

（四）設局解困法

東周篇中還有〈東周欲爲稻〉一章，可稱之爲「設局解困法」或「虛擬解困法」：起因是「東周欲爲稻，西周不下水，東周患之。」〔註 8〕

西周在較上游，東周居下，西周把水扣住了，東周的麥田就缺乏灌溉用水，勢將枯焦歉收，蘇秦對東周君自告奮勇，請命往西周去遊說西周君：

〔註 6〕同上，頁四。
〔註 7〕同上，頁五。
〔註 8〕同上，頁五。

君之謀過矣，今不下水，所以害東周也。今其民皆種麥，無他種矣：君若欲害之，不若一爲下水以病其所種。下水，東周必復種稻，種稻而復奪之。若是則東周，可令一仰西周而受命於君矣。〔註9〕

西周君聽了，居然認爲蘇秦說得有道理，就「下水」了。蘇秦就得到兩邊的重酬。

（五）比較勸阻法

東周篇〈昭獻在陽翟〉云：

昭獻在陽翟，周君將令相國往，相國將不欲。蘇厲爲之謂周君曰：「楚王與魏王遇也，主君令陳封之楚，令向公之魏；楚、韓之遇也，主君令許公之楚，令向公之韓。今昭獻非人主也，而主君令相國往，若其王在陽翟，主君將令誰往？」〔註10〕

從古到今，外交上的迎賓和接待是有一定規格的，有時訴諸慣例；慣例既成，則依樣葫蘆或比照辦理乃是正道。所以東周天子在斯，接待諸侯是用降一級法。昭獻若是君主，可派相國（第一級宰相，相當於今之行政院長）去接待，否則就不合適。東周君聽了，乃作罷，另遣他人往。有了先例的比較，才能順利勸阻東周君。

（六）解怒求和法

東周篇的〈楚攻雍氏〉云：

楚攻雍氏，周餱秦、韓，楚王怒周，周之君患之。爲周謂楚王曰：「以王之強而怒周，周恐，必以國合於所與粟之國，則是勁王之敵也。故王不如速解周恐，彼前得罪而後得解，必厚事王矣。」〔註11〕

雍氏在今河南省扶溝縣西南，是韓國的土地，東周以糧餉助韓國與秦國（當時助韓），激怒了楚國，有人對楚王如此開脫，使楚王息怒，不再責怪東周。這一則故事合情合理，任何明理的人都應該能夠接受。

（七）尊君保臣法

東周篇之〈周相呂倉見客於周君〉中，東周相呂倉介紹一位客人給東周君，前相工師藉害怕這客人會傷及（進讒）自己，乃先下手爲強，對國君說：

〔註 9〕 同上，頁五。

〔註10〕 同上，頁六。

〔註11〕 同上，頁八。

「這位客人是辯士，喜歡毀謗人。」周君心動，想免呂倉之職。那位客人乃向周君進言：

> 國必有誹譽，忠臣令誹在己，譽在上。
>
> 宋君奪民時以爲臺，而非民之，無忠臣以掩蓋之也。子罕釋相爲司空，民非子罕而善其君。齊桓公宮中七市，女閭七百，國人非之，管仲故爲三歸之家，以掩桓公，非自傷於民也。《春秋》記臣弒君者以百數，皆大臣見譽者也。故大臣得譽，非國家之福也。〔註 12〕

他舉了四個歷史上的實例：(一) 宋君奪民時而築台，固爲沒有臣子掩護他（爲他辯護等等），所以老百姓批評他；(二) 子罕不做相而改做司空，其實是國君的意思，而子罕自己扛起責任來，所以人民非議子罕而認爲國君是好的。(三) 齊桓公在宮中設七市，養了七百宮女，國人批評他；管仲娶了三妻（實爲一妻二妾）又加六娣，共九位妻妾，作「三歸」之台，表示他也頗爲好色，來掩護桓公；(四)《春秋》所記弒君者約百數以上，都是因爲大臣有美譽，國君相對地受謗，被反對。這四個例子，二正二反，其中最後一例，不免牽強附會。其他三例，都是闡述尊君之旨。這麼一說，周君就打消了貶退呂倉的念頭。

（八）客觀脫困法

就客觀事實立說，反對對方的言語及行動，往往能當下奏效。如東周篇中有〈溫人之周〉一則，寫得很生動：

> 溫人之周，周不納。「客耶？」對曰：「主人也。」問其巷而不知也，使因囚之。君使人問之曰：「子非周人，而自謂非客何也？」對曰：「臣少而誦詩，《詩》曰：『普天之下，莫非王土；率土之濱，莫非王臣。』今周君天下，則我天子之臣，而又爲客哉？故曰主人。」君乃使吏出之。〔註 13〕

按溫在今河南省溫縣西南，爲西周一城邑。所以東周官吏要把那位溫人當作外國人而拘捕。溫人巧言東周爲天子之邦，故普天之下莫非王土，率土之濱莫非王臣。這樣一說，客人也就變成主人了。此則亦見於《韓非子・說林》。

（九）藉卜還地法

〔註 12〕同上，頁九，

〔註 13〕同上，頁九。

東周篇中又有〈趙取周之祭地〉一則：

> 趙取周之祭地，周君患之，告於鄭朝。鄭朝曰：「君無患也，臣請以三十金復取之。」周君予之，鄭朝獻之趙太卜，因告以祭地事。及王病，使卜之。太卜譴之曰：「周之祭地爲祟。」趙乃還之。〔註 14〕

這件事本來是趙王無理，以一諸侯之國，怎麼可以隨便掠取東周的祭地呢？但是東周軍力較弱，無法強爭。能臣鄭朝以三十金幫周惠公行賄趙國的太卜，乘趙王生病時杜撰病因，一舉而使趙還地，快哉！這一則一方面顯示鄭朝之能幹，一方面也透露當時卜筮之官的重要性，太卜能用譴責口吻使趙王不得不聽話，可見一斑。

（十）左右逢源法

西周篇首則爲〈薛公以齊爲韓魏攻楚〉：薛公是齊國公子田嬰，孟嘗君田文的父親，他聯合韓魏攻楚後，又想進而攻秦，而且向西周借糧，西周左右爲難。韓慶（一作蘇代）爲西周告訴薛公說：

> 君以齊爲韓、魏攻楚，九年而取宛、葉以北以強韓、魏，今又攻秦以益之。韓、魏南無楚憂，西無秦患，則地廣而益重，齊必輕矣。夫本末更盛，虛實有時，竊爲君危之！〔註 15〕

這一段說明前後助人攻二大國，結果使韓、魏兩國轉爲強盛，相對而言，齊國反而削弱了。這當然未必是客觀的道理，但聽來還是有些苗頭。

接著他又滔滔不絕地說：

> 君不如令弊邑陰合於秦而君無攻，又無藉兵乞食。君臨函谷而無攻，令弊邑以君之情謂秦王曰：「薛公必破秦以張韓、魏，所以進兵者，欲王令楚割東國以與齊也。」秦王出楚（懷）王以爲和。君令弊邑以此忠秦，秦得無破，而以楚之東國自免也，必欲之。楚王出，必得齊；齊得東國，而益強。而薛世世無患。秦不大弱，而處三晉之西，三晉必重齊。

果然，薛公派韓慶入秦說秦王，又使三國不復攻秦，齊也不復求西周之糧。這一計眞是八面玲瓏，面面俱到，得益最多的是齊和薛（齊的屬地），西周也因而免患。謂之「左右逢源」，不亦宜乎！

〔註 14〕同上，頁九。
〔註 15〕同上，頁十三，下同。

（十一）去禍得福法

西周篇的〈雍氏之役〉中，韓向西周徵甲兵與粟，周君患之，請蘇代幫忙。蘇代往見韓相國公中（即韓公侈）道：

> （楚將）昭應謂楚王曰：「韓氏罷於兵，倉廩空，無以守城，吾收之以飢，不過一月必拔之。」今圍雍氏五月不能拔，是楚病也。楚王始不信昭應之計矣。今公乃徵甲及粟於周，此告楚病也。昭應聞此，必勸楚王益兵守（按應作攻）雍氏，雍氏必拔。〔註16〕

蘇代分析情勢，非常清晰，想以此勸阻韓國向西周徵甲與粟。公中明知他有理，卻推託說：「然吾使者已行矣！」蘇代得寸進尺道：「公何不以高都與周？」公中惱怒了，蘇代卻繼續他的遊說：

> 與之高都，則周必折而入於韓，秦聞之必大怒，而焚周之節，不通其使。是公以弊高都得完周也，何不與也？〔註17〕

公中愈聽愈覺有理，於是不但不徵甲粟，反而把一個三等都邑高都（在洛陽西南）都送給西周，以示友誼。楚國一看苗頭不對，不再攻雍氏。西周因蘇代的巧妙遊說，轉禍（被徵求甲與粟）爲福（得一城邑），縱橫家之厲害，由此可見一斑。

（十二）贈地睦交法

上一例是說人送城，這一例則是自己送人土地，以敦睦邦交，但送地要送得禮出有名，自然而然：

> 周君之秦，（有人）謂周最曰：「不如譽秦王之孝也，因以應爲太后養地。秦王、太后必喜，是公有秦也。交善，周君必以爲公功；交惡，勸周君入秦者，必有罪矣。」〔註18〕

送一塊叫應的地方給秦的太后，可以鞏固邦交，也因此成就了周最的功勳。這也算一舉兩得之舉。可惜對周最獻計的人名字不詳。

（十三）取喻止攻法

《戰國策》上很多取妙喻以規勸人主或敵方的實例。西周篇中的〈蘇厲止白起攻梁〉一則，可謂一個範例：

〔註16〕同上，頁十六。
〔註17〕同上，頁十六～十七。
〔註18〕同上，頁十六～十七。

蘇厲先向西周君進言：白起連敗韓、魏、趙，今又攻梁，梁若又敗，則西周必危，宜加制止。於是出使秦國，對白起說了一個掌故：

楚有養由基者，善射。去柳葉者百步而射之，百發百中。左右皆曰：「善。」有一人過曰：「善射，可教射也矣。」養由基曰：「人皆曰善，子乃曰可教射，子何不代我射之也？」客曰：「我不能教子支左屈右。夫射柳葉者，百發百中，而不已善息，少焉氣力倦，弓撥矢鉤，一發不中，前功盡矣。」〔註19〕

這個故事的主旨是：天下沒有永遠射中紅心的射手，也不會有永遠不打敗仗的將軍。接著蘇厲終於轉入正題說：

今公破韓、魏，殺犀武，而北攻趙，取藺、離石、祁者，公也。公之功甚多。今公又以秦兵出塞，過兩周，踐韓而以攻梁，一攻而不得，前功盡滅。

所以力勸白起「稱病不出」，以免後禍。

（十四）設疑解困法

西周篇有〈楚兵在山南〉一則，設疑局為自己解困：

楚兵在山南，吾得將為楚王屬怒於周。或謂周君曰：「不如令太子將軍正迎吾得於境，而君自郊迎，令天下皆知君之重吾得也。因泄之楚曰：『周君所以事吾得者，器名曰某。』楚王必求之而吾得無效（一作獻）也，王必罪之。」〔註20〕

這一計也是反間計，在戰國時代常常使用；其實古今中外的外交、戰爭史中，也屢見不鮮。先佈成氛圍，再施以流言，效果一定很好。

（十五）廣交制敵法

西周篇中又有〈宮他請周君合趙以備秦〉一章。周臣宮他對西周君說：

宛恃秦而輕晉，秦飢而宛亡。鄭恃魏而輕韓，魏攻蔡而鄭亡。邾、莒亡於齊，陳、蔡亡於楚。此皆恃援國而輕近敵也。今君恃韓、魏而輕秦，國恐傷矣。君不如使周最陰合於趙以備秦，則不毀。〔註21〕

宮他連舉六個歷史上的先例，以說明偏交的弊病。所以他表面上只是建議西周君派周最去結納趙國，其實言外之意，是要廣交與國，以免自己勢孤。當

〔註19〕同上，頁十八。下同。
〔註20〕同上，頁十八。
〔註21〕同上，頁二一。

時秦已成霸國，西周和秦的關係表面還算友善，但實際上秦國是潛在的大敵。

（十六）危言聳聽法

有時自己勢弱，時存恐慌之心，不得已就對特定對象發聳人聽聞的危言，以求自保。西周篇末的〈三國攻秦反〉便是一例：

> 三國攻秦反，西周恐魏之藉道也。爲西周謂魏王曰：「楚、宋不利秦之德三國也，彼且攻王之聚以利秦。」魏王懼，令軍設舍，速東。〔註22〕

這時的實際情況是：西周擔心魏國乘勝利之勢別有軍事行動，而且向周借道，對西周造成不可逆料的損害，所以有人就向魏國放話，說楚、宋因爲不滿秦國割地和三國講和，將出兵攻打魏的城邑，以利秦國。這本是虛擬的情況，可能性極小，但卻足夠使魏國心生恐懼，於是乃趕快撤兵回國，西周一場虛驚遂告化解。

（十七）重法嚴刑法

商鞅是秦國名臣，法家名士，也是秦孝公變法成霸業的關鍵人物，他的主要手段就是嚴刑峻法，或曰重法嚴刑。秦策中第一篇就詳述此人此事，可當一篇史傳看。此文叫〈衛鞅亡魏入秦〉，一本作〈商鞅治秦〉：首先介紹商鞅的出場：

> 衛鞅亡魏入秦，孝公以爲相，封之於商，號曰商君。〔註23〕

介紹得清楚明白，一字不可易。接著細說他爲政的各項措施：

> 商君治秦，法令至行，公平無私，罰不諱強大，賞不私親近，法及太子，黥劓其傅。期年之後，道不拾遺，民不妄取，兵革大強，諸侯畏懼。（同上）

綜合商鞅的施政，可分析爲以下幾項：

1. 法令大行，公權力伸張。
2. 執行公平無私，公開公正。
3. 賞罰分明，不畏強，不阿親。
4. 太子犯法與民同罪：但基於王室身分的保障，仍以變通方法使太子之師傅代受其刑罰。

〔註22〕同上，頁二二。
〔註23〕同上，頁二二。

5. 道不拾遺，民不妄取：養成全民守法守分的良好習慣。

6. 兵馬強壯，戰力充足。

以今天的觀點看，這不僅是一個強國，也很可能是一個富足之國。

但是他的施政有一個很大的缺點，就是「刻深寡恩，特以強服之也。」刻薄，缺少人情味，勉強以霸道迫使人民服從。這不止是商鞅致敗之由，也埋下了後日秦朝早早崩潰的禍根。

最後商鞅的結局是這樣的：

> 人說惠王曰：「……今秦婦人嬰兒皆言商君之法，莫言大王之法。是商君反爲主，大王更爲臣也。且夫商君，固大王仇讎也，願大王圖之。」商君歸還，惠王車裂之，而秦人不憐。〔註24〕

「車裂之」已經夠慘了，「秦人不憐」就更悲慘了！畢竟，商君不止自食其果，也使秦王朝的根基不穩固，這也正是典型的法家之弊。

（十八）險語求寵法

張儀與蘇秦等術士對抗，最後終於在秦王面前勝出，主要的當然還是憑藉他的三寸不爛之舌，而以下一段話，可說是危言聳聽；以險語求寵，求取秦王之信賴：

> …夫趙當亡不亡，秦當伯不伯，天下固量秦之謀臣一矣。乃復悉卒，乃攻邯鄲，不能拔也，棄甲兵怒，戰慄而卻，天下固量秦力二矣。軍乃引退，並於李下，大王又並軍而致與戰，非能厚勝之也。又交罷卻，天下固量秦力爲三矣。內者量吾謀臣，外者極吾兵力，由是觀之，臣以天下之從，豈其難矣！內者吾甲兵頓，士民病，蓄積索，田疇荒，囷倉虛，外者天下比志甚，固願大王有以慮之也。〔註25〕

他列舉出當時秦國的情況在列國心目中的窘境，適度地誇張了秦國的可能危機，然後進一步提出他彌補大局、反虧爲盈的策略，並以若吾計不成、「大王斬臣以徇於國」爲結，顯示了他決心背水一戰的氣魄。他的連橫策略，終於獲得了成功。

（十九）斟酌時機法

在政治或外交上，把握適當的時機是舉足輕重、攸關成敗的。秦策〈張

〔註24〕 同上，頁二二。

〔註25〕 同上，頁三二，〈張儀說秦王〉。

儀欲以漢中與楚〉一章中，便拈示了一個顯著的實例：

> 張儀欲以漢中與楚，請秦王曰：「有漢中蠹也。種樹不處者，人必害之。家有不宜之財，則傷本。漢中南邊爲楚利，此國累也。」甘茂謂王曰：「地大者固多憂乎！天下有變，王割漢中以爲和楚，楚必畔天下而與王。王今以漢中與楚，即天下有變，王何以市楚也？」〔註26〕

這裡明白看出張儀、甘茂二人主張的同異，其實兩人都贊同把如蠹的漢中送給楚國，但二人所建議的時機卻大不相同：張儀主張當下即送出這個「家有不宜之財」（時爲西元前三一一年），甘茂卻認爲時機還沒來到：應該等到「天下有變」的時候，才可以割漢中給楚，以爲和楚敦睦邦交的禮物，若如今送了出去，將來還有什麼有利的條件可以「市楚」呢？原來張儀預知秦武王將立，將不利於已，所以主張送漢中給楚國，以此討好楚國，作爲自己退身之途。甘茂正識破了此中關鑰。

（二十）將計就計法

人用計謀我，我因勢利導，逆向而迎之，扭轉而用之，此之謂「將計就計」。

秦策中有一名章曰〈陳軫去楚之秦〉：

> 陳軫離開了楚國來到秦國，張儀猜忌他，對秦惠王說：「陳軫爲王臣，常以國情輸楚，儀不能與從事，願王逐之；即復之楚，願王殺之！」〔註27〕

惠王乃直接召見陳軫，開門見山說：「吾能聽子言，子欲何之？」對曰：「臣願之楚。」惠王進一步逼問他爲何非往楚不可，陳軫遂侃侃而談：

> 楚人有兩妻者，人誂其長者，詈之，誂其少者，少者許之。居無幾何，有兩妻者死，客謂誂者曰：「汝取長者乎？少者乎？」「取長者。」客曰：「長者詈汝，少者和汝，汝何爲取長者？」曰：「居彼人之所，則欲其許我也；今爲我妻，則欲其爲我詈人也。」今楚王明主也，而昭陽（楚懷王之相）賢相也。軫爲人臣，而常以國輸楚王，王必不留臣，昭陽將不與臣從事矣。以此明臣之楚與不。〔註28〕

〔註26〕同上，頁四十。
〔註27〕同上，頁四一。
〔註28〕同上。

這裡用了一個巧妙恰切的比喻：人妻可挑逗，罵我的當然使我不悅，但嫁我後必為我罵挑逗者。反之亦然。同樣的，如果陳軫眞曾把秦國的機密一一告訴楚王或楚相，他若投奔楚國，楚國一定不敢用他。

陳軫又加強語意道：

> 昔者子胥忠其君，天下皆欲以爲臣；孝己愛其親，天下皆欲以爲子。故賣僕妾，不出里巷而取者，良僕妾也；出婦嫁於鄉里者，善婦也。臣不忠於王，楚何以軫爲？忠尚見棄，軫不之楚，而何之乎？〔註29〕

這裡不但別舉二實例，二泛例，更用兩面刃的手法，強調楚王對不忠於秦的臣子一定不會用；但我忠於秦而反被嫌棄猜疑，我不去投奔楚，又能去那兒呢？這叫「以子之矛，攻子之盾」，也就是將計就計法。

（二十一）止兵自保法

齊策中有〈齊欲伐魏〉一章，是發生在齊宣王時的故事，也用了一個妙喻，貫穿全局：

> 齊欲伐魏。淳于髡謂齊王曰：「韓子盧者，天下之疾犬也；東郭逡者，海內之狡兔也。韓子盧逐東郭逡，環山者三，騰山者五。兔極於前，犬廢於後，犬兔俱罷，各死其處。田父見之，無勞勌之苦而擅其功。今齊魏久相持，以頓其兵，弊其眾，臣恐強秦大楚承其後，有田父之功。」齊王懼謝，將休士也。〔註30〕

戰國七雄，勾心鬥角，各不相讓。其中秦、楚、齊最強，趙魏次之，今齊魏久戰不休，的確造成彼此很大的危機。淳于髡不止是一個滑稽之士，更是一個機智有遠見的政治人物，所以他用韓子盧、東郭逡的寓言規勸齊王，使齊王憬悟秦、楚等「田父」在後，而不敢興兵。這故事和「漁翁得利」寓言實同出一轍。

（二十二）以小服大法

在戰國群雄的紛爭中，小大異勢，幾乎一目了然，但聰明的術士或縱橫家每能巧用智慧，以小服大，效果卓然。試看齊策中的〈孟嘗君爲從〉一篇：

孟嘗君派公孫弘去見秦王（西元前二九九年）：

> 公孫弘敬諾，以車十乘之秦。昭王聞之，而欲媿之以辭。公孫弘見，

〔註29〕同上，頁四二。
〔註30〕同上，頁一一八。

（昭王）曰：「薛公之地，大小幾何？」〔註31〕這樣的布局令讀者心中一凜。果然，以孟嘗君所擁有的薛地和秦國相比，眞可說是小若彈，公孫弘老老實實地回答：「百里。」昭王笑道：「寡人地數千里，猶未敢以有難也。今孟嘗君之地方百里，而固欲難寡人，猶可乎？」

公孫弘不慌不忙地說出本章的關鍵語：

孟嘗君好人，大王不好人。〔註32〕

接下去詳說孟嘗君之「好人」：

義不臣乎天子，不友乎諸侯，得志不慚爲人主，不得志不肯爲人臣，如此者三人；而治可爲管、商之師，說義聽行，能致其如此者五人；萬乘之嚴主也，辱其使者，退而自刎，必以其血洿其衣，如臣者十人。

弄得秦昭王既敬且懼，謝曰：「客胡爲若此？…寡人善孟嘗君，欲客之，必諭寡人之志也。」他等於甘拜下風。作者又加按語道：「昭王大國也，孟嘗千乘也；立千乘之義，而不可陵，可謂足使矣。」以小服大，千古欽敬。

《戰國策》的策略，紛紛紜紜，不絕如縷。

〔註31〕同上，頁一二四～一二五。

〔註32〕同上，頁一二五，下同。

附錄三：《活著》，大時代的苦難曲

余華，原籍山東高唐。1960 年生於杭州，後隨父母遷居海鹽，1983 年開始創作，同年進入浙江省海鹽縣文化館。處女作〈星星〉發表在《北京文學》。主要作品有中短篇小說〈十八歲出門遠行〉、〈四月三日事件〉、〈一九八六年〉、〈河邊的錯誤〉、〈現實一種〉、〈鮮血梅花〉、〈在劫難逃〉、〈世事如煙〉、〈古典愛情〉、〈黃昏裡的男孩〉等，長篇小說《在細雨中呼喊》、《活著》、《許三觀賣血記》。他是「先鋒派」的代表作家之一，也是當代大陸文壇公認的「當紅作家」。早年的小說有很強的實驗性，以冷酷的筆調揭示人性的醜陋陰暗面，罪惡、暴力、死亡是他執著描寫的對象，處處透顯出怪異奇特的氣息，又有非凡的想像力，冷靜的敘述語言和跌宕詭奇的情節形成鮮明的對比，對生存的異化狀況展現特殊的敏感。後期的《活著》和《許三觀賣血記》，則逼近生活眞實，以平實的民間姿態，呈現一種淡泊而又堅韌的力量。（陳思和 397）

整個說來，余華的小說有四大特質：一、銳利。二、富於眞實感，根植於生活。三、深沈樸厚。四、冷中孕熱。

余華對苦難的反應，十分特別，郜元寶說得好：「余華對苦難的情感反應總顯得和常人不太一樣。該關心的地方他偏偏漠不關心，該憤慨的地方他偏偏無動于衷，該心旌搖蕩的地方他偏偏平靜如水，該掩鼻而過的地方他偏偏饒有興味地反覆把玩。」（郜元寶 89）也正因如此，他的作品才更能達致沉厚的效果。丹麥學者魏安娜云：「余華這一時期的小說對個性喪失與文化破碎的困境作了深刻的質疑與反思。」（魏安娜 99）這可說是余華大部分小說一以貫之的特色，也正是余華作品的主要價值所在。

《活著》是余華首屈一指的代表作品。它描寫一個平凡的農民福貴在中國鄉下的一生。敘事平實，情節曲折。作者（兼爲敘事者）從城市來到鄉下蒐集民謠，他遇到各式各樣的農民，並且和他們打成一片。作者對農民的生活相當熟悉，並且聽了很多農民的故事。其中最令他動容的，便是福貴的故事。尤其可貴的是，福貴對他過去一生的記憶非常清楚，而其遭遇比別的農民更曲折。福貴娓娓描述他生命中的苦難，眞是曲盡其妙。

故事伊始，福貴正帶領一隻牛在耕田。敘事者聽到福貴叫這隻牛很多不同的名字。原來福貴怕那隻老牛會在耕田的過程中懈怠下來，因此叫很多其他牛的名字，讓牠認爲有很多其他的牛跟牠在一起耕田，這樣便會更賣力地耕田。其實福貴所叫的是他已故家人的名字。

福貴這一生經歷了天大的轉變，從一個非常富裕的地主淪落爲一個囊空如洗的農民。他年輕的時候是當地的闊少，是大地主。他每晚去妓院，賭博，喝酒。父親警告福貴說，如果他依舊揮霍沉迷，他們將會傾家蕩產。福貴遇到一個美麗的姑娘，米店老闆陳先生的女兒家珍，並娶了她。家珍是一個賢慧的女性，雖然福貴常常罵她打她，但是她全不抱怨，只是一味忍耐。他們生了一個女兒，名叫鳳霞。

福貴聲稱要光宗耀祖，靠賭博來大賺一筆。他常常小贏大輸。福貴的債款越來越多，終於喪失了所有的土地和家產。他父親非常憤怒，叫福貴把三箱銅幣背到龍二家還債。因爲銅幣很重，父親藉此教導他，賺錢其實非常辛苦。福貴和他的家人搬到一間十分簡陋的小屋中住，從此，福貴必須自己耕作。改穿上與其他農民一樣破破爛爛的衣服。家珍也必須跟福貴一樣作很多勞力的工作。

有一天福貴的母親患了重病，福貴去城中買藥，竟被國民黨的軍隊抓去當兵。在軍隊中，福貴結識了老泉和春生，當時春生還是一個十七歲的小孩。他們飢寒交迫，常常九死一生。不久，福貴被共軍俘虜。然而，共軍居然讓士兵回家，並且還贈與一筆盤纏。福貴已經離家兩年了，得以回家，大喜若狂。福貴回到家的時候，他的兒子有慶已經出生，鳳霞也已經七歲了，因爲小時生病發高燒，因此變聾變啞。如今福貴回了家，大家欣喜不已。

不久，共黨開始進行土地改革。共黨在龍二身上貼上「地主」的標籤，把他抓去坐牢，並且沒收他所有的土地。龍二終被處死。在遊街時，龍二對福貴大喊道：「福貴，我是替你去死啊。」（余華 89）

福貴和家珍非常窮困，他們很擔心孩子的未來。鳳霞雖然既聾又啞，但是長得漂亮而聰明。他們想，如果把鳳霞送到別人家去做事，至少可以讓有慶唸書，未來會比較有出息。但是他們心裡很矛盾，因爲他們並不希望鳳霞離開他們。有慶聽到他親愛的姊姊要離家，非常傷心，也非常生氣。他說「我不上學，我要姊姊。」（余華 97）福貴還是強迫有慶去上學。有一天，鳳霞忽然跑回家，從此鳳霞天天陪著父親福貴耕田。鳳霞這時候已經長大了，可以做吃重的勞力工作。有慶養了兩隻羊，十分疼愛牠們，每天早上上學之前，先餵草給牠們吃。這是一九五八年，人民公社成立了，福貴家五畝地全劃到人民公社名下，只留下屋前一小塊自留地。村長也改叫隊長。（余華 106）所有的鍋子被沒收來煉鋼，大家到食堂去吃飯。人民公社剛開始的時候，每天可以吃大魚大肉。有慶的兩隻羊也被送到公共曬場去，他每天專誠到曬場餵草給牠們吃。不久，那兩隻羊被宰了。這時飢荒發生了。有一天，家珍回到娘家，父親給她一點米，家珍把米藏在衣服裡面。回家煮飯的時候，所有的村民來到他們家討飯，因爲他們都聞到了煮飯的香味。當隊長把村民趕走以後，隊長自己也向家珍和福貴討飯吃。余華逼眞的描寫讓讀者了解到飢荒如何深刻地影響了中國人民，並且帶給他們無以復加的苦難。

家珍罹患了一種軟骨病，無法在田裡工作，只好待在家裡。她無法爭取公分，但是也不想變成全家的累贅。醫生告訴家珍她的病已無法治療，家珍只好待在床上替全家縫衣服。禍不單行，有慶也出了事。醫生抽了有慶的血救縣長太太。因爲抽血過多，導致有慶昏迷，不久就去世了。當福貴來到醫院時，赫然發現縣長就是春生。他們倆談論以前國共戰爭時期的種種以後，他沉痛地告訴春生：「春生，你欠了我一條命，你下輩子再還給我吧。」（余華 164）春生來到福貴家，想要給他們夫妻一些錢來安慰他們，但是家珍非常憤怒地叫他離開。下回再看見春生的時候，文化大革命已經開始了。

有慶去世以後，鳳霞和萬二喜結了婚。萬二喜非常疼鳳霞，也對福貴和家珍很好。不久鳳霞和萬二喜搬到城裡住，鳳霞隨即懷孕了。在文化大革命的時候，春生被批鬥得非常厲害。雖然他答應福貴他一定要活下來，但終竟撐不下去，自殺了。鳳霞生孩子的時候大量出血致死。福貴的兩個孩子都在同一家醫院去世。鳳霞過世不久以後，家珍也去世了。之後，萬二喜也在一個工作意外中去世，只有苦根陪著福貴過日子。有一天，苦根生病，福貴煮一些豆子給他吃，而苦根因爲平時很少吃豆子，一時吃得太多，竟然噎死了。到故事的結尾，只剩下福貴和一隻牛。那隻牛因爲太老，所以差一點被人宰割。福貴拚命挽回了牠的生命。故事繞了一大圈，回到原點。敘事者聽完了福貴的故事，非常感動。

《活著》讓我們對中國當代農村的實際生活情況略窺端倪。雖然它描述的是一個農民（福貴）一生的故事，但是他的故事同時也反映中國農民在國共戰爭、大躍進、和文化大革命中所遇到的各種災難。余華非常巧妙地把現代中國各個重大的歷史事件寫入這個故事當中，讓我們了解這些歷史事件對當時的中國人有何種影響。在現代中國每一次的浩劫中，沒有一個人眞正地能夠避免受到它的影響，沒有一個人眞正地能夠倖免。

從表面上來看，發生在福貴和家人身上的一連串事情都是偶然事件，其實沒有一個人能避免中國現代諸般重大歷史事件的影響。福貴一次又一次幸運地活過來，但是窮困的生活和歷史的命數使得其家人不能倖免。在故事剛開始時，福貴是一名敗家子，每天沉迷於賭博和玩女人，揮霍家財，到最後只好把所有的財產給了龍二。龍二成爲地主，在土地改革中被共產黨槍斃。如果福貴當時沒有成爲敗家子，因而變成一無所有的佃農，他在土地改革當中一定會被處死。福貴這次雖然得以倖免，但是卻被抓去當兵，跟著部隊到處遷徙，直到兩年後才回家。其間的禍福得失，可謂錯綜複雜，甚至有點撲朔迷離的味道。

然而，家裡太窮困，當鳳霞生病發高燒的時候，家珍無法救她，於是變得又聾又啞，從此以後就無法與外界正常溝通，只能比手畫腳來表達內心的感受。鳳霞這一角色具有半象徵意義。鳳霞代表數以萬計的廣大中國農民，沒有正常的管道去表達生活的困境，只能默默地忍耐政府不合理的措施。鳳霞生下苦根，在分娩過程中因手術處理不當而造成大量出血時，她無法用話語來表達她的感受，而福貴和萬二喜這才意識到，鳳霞無法像別人那樣地表達其心情。如鳳霞一樣，中國廣大農民的痛苦是政府和其他階級的人民聽不到的，農民常常必須忍耐飢餓或者剝削。例如，在大躍進當中，中國農民被迫集體化，所有的私人財產和土地被政府沒收，只剩下一塊非常小的自留地。農家一直歉收，一些幹部爲了顯示其革命熱忱而繼續謊報產量。因此，糧食短缺所造成的影響由於謊報而越來越擴大。在「三年困難時期」（1959～1962年）有三千萬人因爲缺乏食物而含冤死亡。在那三年中，福貴和其家人只好長期挨餓。家珍每天拖著生病的身體到野外去尋找樹根充飢，或者到城中討飯。有時候，孩子沒有食物吃，母親只好叫孩子喝水充飢。到最後全家人因爲過度飢餓而無法走動。原先福貴一家都以爲共產黨會改善他們的生活，那知反而火上加油，雪上加霜。

在烽火中，中國的無辜老百姓死亡纍纍，福貴和春生卻很僥倖地存活下來。但是命運繼續地捉弄他們：有慶因捐血給春生太太而致死。當福貴來到醫院時，他非常憤怒，也非常難過，他無法想像他的兒子早上才好端端地到學校去，到了晚上，卻莫名其妙地喪了命。春生則反覆地喃喃自語：爲什麼恰好是我好朋友的兒子爲我的太太而犧牲生命？春生好幾次來到福貴和家珍家裡，想要給他們一點補償，但是家珍予以嚴詞峻拒。她把有慶的死亡歸咎於春生，而春生也非常內疚。（其實錯在醫生，錯在整個大環境。）但是春生自己也無法倖免於文化大革命的浩劫。在這場災難當中，春生被批鬥得死去活來。福貴和家珍反而可憐他，勸他好好活下來，因爲春生還欠他們一條生命。但是春生沒有履行他沉默的承諾，在文化大革命的浩劫當中自殺了。作者運用了對位法的方式來處理這些繁複冷酷的情節，不但歷歷如繪，而且令人爲之顫慄。

在故事的結尾，福貴一個人孤單地活下來，陪著他的是一隻牛。福貴一生經歷過多麼大的痛苦與悲歡離合！在《活著》這篇小說中，描述了福貴這一生四十年的生活，而在這四十年中，中國正經歷極大的變動，這些變動直接構成了福貴一家人的命運。全書在在顯示這四十年中國大陸的人民由於重大改革而造成的悲劇，例如土地改革時期地主被鬥爭、大躍進時期因爲農民集體化造成大規模的飢荒、農民必須到野外尋找食物，文化大革命時期資產階級及知識分子一一被批鬥。再加上醫療不發達、草菅人命造成鳳霞及有慶的意外死亡。最後因爲福貴想給苦根他最好的東西反而導致苦根的暴斃，尤其充滿了反諷意味。一連串的悲劇反映了中國人民近四五十年來的眞實生活。錯誤的政策，農民的愚昧和社會的貧困使得千萬百姓承受到莫大痛苦的煎熬，爲了「政治」而付出龐大的代價。

余華用他雕刻刀般的筆，寫照了這個悲苦的大時代，這個悲苦的民族。這部小說的另一個特色是：事件比人物重要，時代背景又比事件更重要。嚴格說來，只有福貴這個人物，我們眼看他由平面人物轉變爲立體人物（round character），（佛斯特 59）〔註1〕他由平凡、墮落、無奈、隱忍轉變爲堅韌（或

〔註 1〕 按原書把 round character 譯爲「圓形人物」是不正確的。

麻木），成爲余華小說藝術的一大創獲。〔註 2〕就連「福貴」這個名字，也充滿了強烈的反諷意味。

整部小說具有一種渾厚凝重的力量，使敏銳的讀者不禁有近乎窒息的感受，這絕不是一般性的技巧和小聰明所能獲致。眞實的生活、生命的體驗、苦難的衝擊凝聚成這股非同凡響的力量。

整體而言，《活著》是余華由一天賦不尋常的憤怒青年經由時代的試鍊成爲一成熟的中年人之歷程，那怕他完成此書時尚未屆不惑之年。

比起他以前的作品來，此一長篇對時間、空間的處理顯得更爲清晰、穩實，直接增強了此書的劇力。

整部小說沉著地展現了活著就是凱旋、活著就是生命價值的特殊理念，它不止是一部「文革小說」，猶如張愛玲的《秧歌》不止是一部「反共小說」一樣。

從表面看來，這部小說由始至終一貫地是冷冰冰的，但是在底層裡，卻正沉積著熱騰騰的生之呼籲；而在這二者之間，時或閃現不冷不熱的微諷和若有還無的詼諧。

引用書目

1. 陳思和主編。《當代大陸文學史教程 1949～1999》。臺北：聯合文學社，2001。
2. 余華。《活著》。臺北：麥田出版社，2000。
3. 佛斯特。《小說面面觀》。李文彬譯。臺北：志文出版社，1973。
4. 魏安娜著。〈一種中國的現實：閱讀余華〉。呂芳譯。《文學評論》1996. 6：99。
5. 郜元寶。〈余華創作中的苦難意識〉，《文學評論》1994. 3：89。
6. 夏中義〈苦難中的溫情與溫情的受難〉，載於夏中義，《學人本色》。桂林：廣西師範大學出版社，2004。79～181。

〔註 2〕夏中義說：「余華所以尊福貴爲偶像，是企盼自己乃至中國人皆能像福貴那樣『溫情地受難』，即增強全民忍受苦難的生命韌性，其最佳途徑，便是模擬福貴從精神上自行閹割自身對苦難的『痛感神經』，——『痛感神經』沒了，人麻痺得像木頭或石頭，『人世之厄』，苛政之暴，縱然再慘再烈，也無從感受了，反倒要感恩命運仍能讓自己『活著』了」。他認爲《活著》是余華由前期的「苦難中的溫情」轉變爲「溫情的受苦」的代表作。（夏中義 179～181）